오늘도 달리기를 합니다

작은 성취로
쌓아 가는
즐거움

오늘도 달리기를 합니다

러닝해영 지음

샘터

프롤로그

나는 주변 사람들에게 나를 소개할 때 "빠른 속도로 달리지는 못하지만, 꾸준히 그리고 부상 없이 잘 달리고 있는 사람"이라고 말한다. 내가 이렇게 말하는 이유는 달리기를 할 때 내가 가장 중요하게 생각하는 두 가지가 꾸준히, 그리고 아무 탈 없이 오래 달리기를 하는 것이기 때문이다. 그리고 그렇게 되기 위해 늘 노력 중이다.

예전의 나는 부끄럼이 많고 숨는 것에 익숙한 사람이었다. 시작을 두려워하고, 하나를 마음먹고 하기까지 많은 시간이 필요했었다. 그런 내가 달라진 건 달리기를 하고부터다. 달리는 과정에는 늘 시작이 있었고, 시작만 하면 끝이 있었다. 피하지 않고 극복하면 언제든 이전보다 나은 결과가 따라왔고, 그 덕분에 나는 나 자신을 좀 더 신뢰하고 긍정적인 사람이 될 수 있었다. 어떤 일을 대할 때의 자세도 달라졌다. '나는 안 돼' 하며 포기하기보단 아무리 어려운 일이라도 한 번 해 보려는 의지가 강해진 것이다. 그래서 평소라면 엄두도 못 낼 일, 이를테면 성화 봉송이라든가 광고 촬영과 같은 새로운 일에도 도전할 용기가 생겼다. 이렇게 글을 쓰게 된 것도 마찬가지다.

처음 출간 제안을 받고 글을 쓰는 게 꼭 풀코스를 뛰는 마음이었다. 어찌어찌 시작은 했지만 중간중간 '할 수 있을까?'를 끊임없이 되뇌며 후회도 했다가, 다시 마음을 다잡고 앉아 글을 끄적이길 반복했다. 그렇게 지난 나의 달리기 생활을 기억해 내 그때의 경험과 감정을 차곡차곡 모으다 보니 하나의 책이 완성되었다. 이제 막 달리기를 시작하려는 사람, 숨은 달리기 고수들까지 모두가 재밌게 읽고 달리기에 빠져들길 바란다.

앞으로도 나는 언제나 지금처럼 달리기와 함께할 것이다. 중간에 힘들면 잠시 멈춰 숨 고르기를 하고 다시 뛰면 된다. 나의 도전은 여전히 진행 중이며, 누군가도 나의 이야기에 힘을 얻어 그저 안전하고 즐겁게 달리기를 해 나갔으면 좋겠다.

차례

10km

21km

42.195km

달리기 전 몸풀기 동작

허리, 발목, 손목, 무릎을
꼼꼼히 돌리기
한쪽 다리를 구부려 배꼽까지 올리기
(이때 골반은 고정!)
허벅지 안쪽을 쭉쭉 늘이기
(이때 시선은 살짝 위로!)

다리를 뒤로 접어 잡고
허벅지 앞쪽 스트레칭!
앉았다 일어났다 반복하기
(일명 스쿼트 동작)
다리를 올렸다 내렸다
반복하며 몸을 예열하기

달리기 입문 가이드

달리기를 처음 시작하는 사람이 있다면 가장 먼저 러닝화와 편한 옷, 즐기고 싶은 마음을 준비하라고 말해 준다. 처음에는 어디를, 얼마나, 어떻게 달려야 할지 막연할 수 있다. 그래서 실제로 달리기를 하면서 부딪혀 보는 수밖에 없다. 처음부터 거리를 목표로 하기보단 걷고 달리기를 반복하면서 재미를 느끼고, 그 과정에서 자신의 페이스를 찾는 게 좋다. 그러다 보면 '힘들지만 뿌듯함'을 느끼는 순간이 온다. 달리기가 재밌어지면, 그때부터 거리도 늘려 보고 새로운 코스도 뛰어 보며 경험을 늘리면 된다.

이때 장비가 필요한 경우도 있는데, 용도에 따라 하나씩 준비하면 된다. 개인마다 필요한 장비는 다르지만 내가 달리기를 할 때는 대략 이런 것들이 필요했다.

달리기 —— 시작하기

가볍고 통기성 좋은 모자
기능성원단
GPS 기반
스포츠 시계
내구성 좋은 러닝 벨트
기능성 원단
평균 수명 600km
발가락과 힐 부분이
푹신한 양말

What's in your bag?

운동화

사실 이것만 있으면 달리기를 할 수 있다.
그래도 좀 더 안전하게 달리고 싶다면
러닝화로 분류된 신발을 신어야 한다.
일주일에 여러 번 달린다면 러닝화의 폼
회복을 위해 두 켤레 이상을 준비해 번갈아
신으면 좋다. 만약 이제 막 달리기를
시작했다면 운동화의 수명을 600km로
보고, 그에 맞는 운동화를 선택하면 된다.
이후 달리기에 흥미를 붙여 계속하게
되었을 때 하프코스용, 풀코스용 등 거리나
지형에 맞는 운동화를 구매하는 것이다.
이때 사람마다 발의 형태, 뛰는 방식에
따라 맞는 운동화가 다른데, 발 분석
서비스(유료)를 통해 도움을 받아 구매하는
것도 방법이다. 결국 나에게 맞는 운동화를
찾으려면 많이 신어 보는 수밖에 없다.

옷

원활한 땀 배출을 위해서 면보다는 기능성 원단(폴리)이 들어간 옷이 좋다. 여름에는 싱글렛, 반팔, 반바지, 근육을 잡아 주는 레깅스 등 최대한 가볍게 입고, 겨울에는 기능성 옷을 겹겹이 껴입으며 체온을 유지하고, 장갑과 귀마개 등으로 국소 부위를 보호하는 데 힘쓴다. 계절과 관계없이 보통 여벌 옷을 준비해 달리기가 끝난 후 갈아입는다.

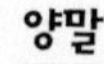

양말

개인차가 있지만 보통 발목을 잡아 주는 긴 양말을 신는다. 달리기 코스에 오르막과 내리막이 많다면 미끄럼 방지가 되는 논슬립 양말을 신고, 장거리 달리기를 할 때는 카프 슬리브를 착용한다.

카프 슬리브

일명 종아리 보호대. 장거리 달리기를 할 때 종아리의 피로감을 줄여 주는 것으로, '종아리 압박 밴드'라고도 부른다. 부상의 위험을 줄이는 데 효과적이다. 다만 여름에는 더운 날씨 탓에 착용 시 답답할 수 있다.

러닝 벨트

주머니에 넣으면 불편한 핸드폰 또는 카드나 현금을 넣을 수 있는 러닝 벨트를 허리에 착용하면 편하게 달리기를 할 수 있다. 내구성이 좋아야 하는 것은 물론이고 파워젤(에너지 보충을 위해 먹는 것)을 넣어도 흔들림이 없어야 한다. 경험상 러닝 암밴드는 팔을 움직일 때 무게 때문에 러닝 폼이 삐뚤어져서 크게 추천하진 않지만, 만약 러닝 벨트가 없어 핸드폰을 손에 들어야 한다면 암밴드라도 사용하는 게 낫다. 장거리를 달려야 한다면 착용 시 움직임이 덜한 트레일 러닝 조끼를 입어도 괜찮다.

모자

햇빛이 따가운 야외에서 오래
달려야 할 때 주로 쓴다. 일반
챙 모자가 아닌 마음대로 접고
펼 수 있는 가벼운 모자를
사용한다. 겨울에는 귀도 덮어
주는 비니를 주로 사용한다.

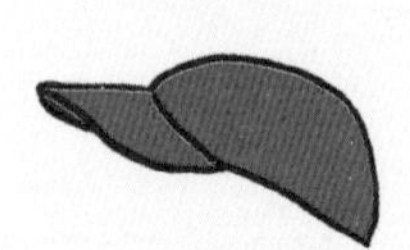

선글라스

모자와 마찬가지로 야외 러닝 시
햇빛 차단과 눈부심 방지를 위해
사용한다. 가끔 힘들어서
일그러지는 얼굴을 가릴 때
쓰기도 한다.

골전도 이어폰

주변 소리를 들을 수 있는
이어폰으로, 노래를 들으면서
안전한 달리기를 하고 싶을 때
사용한다.

스포츠 시계

거리, 시간, 속도(페이스), 심박수를
체크할 수 있어 거리에 따라 페이스
조절 등 훈련을 하기에 적합하다.

우비

비가 오는 날보다는 체온을 유지하는 용도로 입는다.
마라톤을 뛸 때 우비를 입거나 블랭킷을 걸친 러너들의
모습이 생소할 수 있는데,
달리면 발생하는 열 때문에
옷(싱글렛 또는 반팔)은 가볍게
입는 대신 출발 직전 우비를
입어 체온을 보호하는 것이다.
오히려 비가 올 때는 방수가
되는 바람막이를 착용 후
뛴다(간혹 그냥 맞을 때도 있다).

뉴트리션

마라톤에는 CP(보급소)가 존재하지만,
개인적으로도 뉴트리션을 준비하는
편이다. 파워젤, 소금사탕,
마그네슘(젤, 가루 형태) 등 다양한
종류의 뉴트리션이 있으며, 보관과
섭취가 쉬운 것을 고른다.

그 외

발목 인대, 무릎 등을 보호하기 위해
테이핑을 하려면 스포츠 테이프는
필수다. 또 계속되는 마찰에
살이 쓸리거나 상처가 났을 때는
바세린을 사용한다.

달리기 용어 정리

- 풀코스Full course(풀마라톤) : 42.195km
- 하프코스Half course(하프마라톤) : 풀코스의 절반인 21.0975km로 보통 21km를 가리킨다.
- 울트라 마라톤 : 42.195km 이상을 달리는 스포츠를 말한다. 울트라 마라톤은 두 가지로 나뉘는데, 하나는 특정 거리(예를 들면 50km나 100km)를 달리는 것이고, 다른 하나는 특정 시간(예를 들면 24시간이나 48시간) 동안 달리는 것이다. 후자의 경우 정해진 시간에 더 먼 거리를 달린 선수가 승자가 된다.
- 페이스 : 1km를 달리는 데 걸리는 시간을 말한다. 가령 "나, 5:00으로 달려"라고 말하는 러너가 있다면 1km를 5분 00초로 달리는 것이다.
- 페이스 메이커Pace maker : 일반적인 마라톤에서 '페메'는 목표가 되는 숫자 풍선을 달고 뛰는 사람을

말한다. 예를 들어 '4:00'이라고 적힌 풍선을 단 페메를 따라가면 4시간 안에 들어올 수 있다. 그런데 모든 마라토너를 위한 페메가 아닌 나만을 위한 페메도 있다. 그때 페메는 마라토너 옆에서 목표하는 거리와 속도를 맞춰 주면서 같이 달린다(마라토너의 속도가 갑자기 올라가면 속도를 늦추라고 알려 주며, 속도를 올려야 하는 시점에는 속도를 더 높여 뛰기도 한다).

- 레이스 패트롤Race patrol : 보통 마라톤 대회에서 볼 수 있으며 '달리는 의사'라 불린다. 파스, 붕대 등 구급약품을 가지고 뛰어다니면서 필요한 주자들에게 보급해 준다.
- PBPersonal best : 개인 최고 기록(예: 하프 PB, 10km PB)
- 싱글 : 풀코스 기준 3시간 00분 00초부터 3시간 9분 59초까지의 기록으로 들어온 러너를 가리킨다.
- 서브 3 : 풀코스를 3시간 이내, 즉 2시간 59분 59초 안에 들어오는 러너를 가리킨다. 서브 4와 서브 5도

같은 맥락으로 이해할 수 있다.

- 빌드업 : 거리에 따라 페이스를 점점 올려 가면서 훈련하는 방법이다.
- LSDLong slow distance : 천천히 멀리 달리기. 풀코스를 대비하기 위해 또는 몸에 장거리가 익숙해지게끔 달리는 것이다.
- 인터벌 : 높은 강도의 달리기와 불완전 휴식을 병행하는 훈련법으로 러너마다 훈련 방법이 다르다.
- 지속주 : 일정한 속도와 강도로, 자신의 페이스를 유지하며 달리는 것을 말한다.
- TT Time trial : 1km, 5km 등 일정 거리를 정한 후 가능한 최고의 기록을 내기 위해 하는 훈련법이다.
- 쿨다운Cool down : 운동 후 가벼운 운동으로 피로물질을 순환시키는 것이다.
- 카보 로딩Carbo loading : 대횟날 사용할 수 있도록 글리코겐을 몸에 저장하는 것이다.
- DNSDo/Did not start : 대횟날 비가 오거나, 부상을 당했거나, 늦잠을 잤거나 등 다양한 이유로 레이스

를 출발하지 않은 것을 말한다.

- DNFDo/Did not finish : 레이스를 완주하지 못한 것을 말한다.
- 플로깅Plogging : '줍다Ploka up'라는 의미의 스웨덴어와 '달리기Jogging'의 합성어로, 달리며 쓰레기를 줍는 환경 보호 활동을 말한다.
- 마스터즈 부문 : 마라톤 대회의 부문은 엘리트 선수와 마스터즈 선수로 나뉘어 있는데, 보통 마스터즈 부문에 일반 동호인들이 참여한다.
- 힐풋/미드풋/포어풋 : 달리기 시 착지하는 발에 위치에 따라 주법이 달라진다. 뒤꿈치가 먼저 닿으면 힐풋, 발바닥 중간부터 닿으면 미드풋, 발바닥 앞부분부터 닿으면 포어풋이라 한다.
- 러너스하이 : 달리기를 하면서 느끼는 쾌감, 행복감을 말한다.

0km

5km

10km

21km

42.195km

°

달리기를

좋아하는지

몰랐어요

°

취미가 뭐냐고 묻는 질문에 나는 항상 "달리기를 좋아해요"라고 말한다. 그러면 보통 상대의 반응은 두 가지로 나뉜다. 숨차고 힘든 걸 도대체 왜 하느냐며 이해하지 못하는 사람, 아니면 대단하다며 동경의 눈빛을 보이는 사람. 숨차고 힘든 운동. 솔직히 맞다. 그런 '달리기'를 나는 왜 하고 있을까?

지방에서 살다가 서울로 거주지를 옮기면서 가장 찾고 싶었던 것은 취미였다. 서울에 올라와 처음 산 동네는 인천이었는데, 취미를 가져야겠다는 일념으로 인천에서 서울을 오가며 다양한 것을 해 보았다. 어떤 날은 미술관과 박물관에서 전시를 보고, 또 어떤 날은 뜨개질을 배우고, 그림도 그려 보았다. 하루 몇 시간 동안 체험할 수 있는 원데이 클래스를 통해 여러 취미 활동을 경험해 보면서 무엇이 나랑 맞는지 안 맞는지,

내가 무엇을 더 좋아하는지를 알아갔다. 그런데 좋아하는 것을 계속하려면 그 마음이 어느 정도 유지되어야 가능했다. 단순히 잠깐 재밌고, 작은 흥미만으로는 지속이 어려웠다.

그런 면에서 달리기는 해 봐야 아는 것과 달리 억지로 노력하지 않아도 되었다. 집으로 돌아오는 길에 걷거나 뛴 것, 버스나 지하철을 놓치지 않기 위해 빠른 걸음으로 움직인 것 등 그동안 내가 경험한 것들에 꽤 녹아 있었기 때문이다. 아침잠이 많아 출근 시간에 늦지 않기 위해 뛰고, 늦지 않았을 때 안도했던 일 역시 달리기에 대한 호감을 높인 계기가 되었다.

본격적으로 달리기가 좋아진 계기는 연고지도 없는 지역에서 회사 생활을 할 때였다. 아는 사람이 없어도 누군가와 친해지려고 노력하는 성격도 아니어서 혼자 지내는 시간이 많았다. 게다가 주변 지리도 잘 모르다 보니 회사와 기숙사만 오가길 반복했다. 그러다 기숙사 앞에 있는 하천 옆으로 난 길을 발견했다. 두 명 정도 지나다닐 수 있는 폭이었지만 걷거나 뛰기에는 충

분했다. 처음에는 아침이나 저녁 시간에 어슬렁어슬렁 걷다가 조금씩 속도를 붙여 뛰기 시작했다. 30분씩 일주일에 한 번, 한 번에서 두 번, 두 번에서 세 번까지 뛰는 횟수를 늘려 갔다. 그렇게 혼자 한 달쯤 뛰었을 때 기숙사에 새로운 사람이 들어왔는데, 알고 보니 나이가 같았다. 나는 용기 내 그녀에게 제안했다.

"우리, 아침에 달리기 같이 할래? 언젠가 늦잠을 자더라도 지각은 막을 수 있을 거야."

그녀와 친해지고 싶은 마음도 있었지만, 아침에 잘 일어나지 못하는 나에게도 자극이 필요했다(실제로 달리기를 한 후로 지각을 면한 적이 한두 번이 아니다). 그녀는 흔쾌히 좋다고 했고, 우리는 함께 아침 달리기를 시작했다. 그런데 달리기를 시작한 첫날 그녀는 푹신푹신함이 전혀 없는 밑창이 조금 딱딱한 신발을 신고 나타났다. 러닝화가 없었던 것이다. 달리기를 처음 해 본다는 그녀의 말이 거짓 없는 말임이 밝혀진 순간이었다. '그래, 나도 그랬던 적이 있었지.' 예전 내 모습이 떠올라 웃음이 났었다.

어느덧 꾸준히 달린 지 8년. 이제는 내게 취미가 뭐냐고 질문하는 사람은 없다. '달리기'는 내 인생의 한 부분이 되었고, "러닝해영, 달리는 거 진심으로 좋아하는구나!" 하며 모두가 인정해 주니 말이다.

°

조금씩
러너의 근육이
붙기 시작했다

°

혼자서 달리는 게 익숙하던 내가 대회에 출전한 계기는 친구 때문이었다. 억지로 나가게 된 마라톤 대회가 내 인생의 전환점이 될 줄은 그때는 꿈에도 몰랐다.

어느 날 친구가 마라톤 대회에 같이 나가자고 제안했을 때 나는 1초의 고민도 없이 "힘든 걸 왜 돈 주고 하는 거야?"라고 답했었다. 그런데 이미 한 번 해 본 친구는 쉽게 포기하지 않았고, 친구의 강력한 추진으로 우리는 얼떨결에 5km 마라톤을 신청했다. 그런데 달리기를 해 보긴 했어도 대회에 나갈 만큼 실력이 없었다. 게다가 당시에는 주변에 달리기를 좋아하는 사람도 없다 보니 조언을 얻을 기회도 없었다. 그래서 5km를 신청하고도 '그냥 걷다가 뛰다가 하면 되겠지, 그까짓 게 뭐 어렵겠어'라고 대수롭지 않게 여기며 별다른 연습도 하지 않았다.

마라톤 당일. '아프다고 할까? 황금 같은 주말 아침에 나가서 운동을 해야 한다니… 꿈이었으면 좋겠다'는 생각이 머릿속을 떠나지 않았다. 다행히 대회 장소가 집 앞이어서 꾸역꾸역 몸을 일으켜 아침을 배부르게 챙겨 먹고 평소 자주 입는 반팔 면티에 체육복 바지, 늘 신고 다니던 운동화를 신고 나갔다.

아침 7시가 되자 공원에 많은 사람이 몰려들었다. 걸어오는 사람, 뛰어오는 사람, 주차하는 사람, 엄마, 아빠를 응원하러 온 가족 등 마라톤 대회라는 것을 인지하지 않으면 축제장에 온 듯한 기분이 들었다. 마이크로 울려 퍼지는 주최 측의 안내에 따라 풀코스 참가자들이 먼저 떠나고, 그다음 21km, 10km 참가자들이 순서대로 출발했다. 코스마다 사람들이 개미 떼처럼 많아서 우리 집 근처에 사는 사람이 이렇게 많았나? 의심이 들 정도였다.

5km 출발선 앞에 서자 진행자가 "5km는 산책하러 나오신 거죠?"라며 농담을 던졌다. 그런데 나는 이 말이 마음에 들지 않았다. 비록 나의 의지로 시작된 것

은 아니지만 나에게 5km를 달리는 것은 도전이고 용기가 필요한 일이었다. 나는 진행자의 말에 해내겠다는 의지를 불태우며 '잘 달려 보겠어! 두고 봐라!' 다짐했다. 3, 2, 1! 시작을 알리는 폭죽이 터지며 5km 참가자들이 일제히 출발했다.

나는 군중 속에서 한 명, 한 명의 등 뒤까지 따라붙었다가 뒤로 밀리고, 사람들과 엎치락뒤치락을 반복했다. 0.5km쯤 갔을까. 숨이 차 달리던 발을 멈추고 걷기 시작했다. 조금만 더 가 보자는 친구의 격려에 다시 숨을 내뱉으며 1km를 이어갔다. 그런데 그때 내 진심은 '후회'였다. 왜 마라톤을 신청해서 이 맑은 날이 고생을 하고 있는지… 걷다 뛰다, 걷다 뛰다만 반복하는 꼴이라니. 러닝머신에 올라 끝도 보이지 않는 거리를 가는 듯했고, 나를 앞질러 뛰는 사람들이 딴 세상 사람처럼 느껴졌다. 3km쯤 갔을 때 친구에게 포기를 외쳤다. 이제 걷자고, 이 정도면 노력한 거 아니냐고 따지듯이 말했다.

결국 서로 빠른 걸음으로 걷기로 합의한 후 걷기 시

작했는데, 내 옆으로 일곱 살 정도로 보이는 꼬마 친구가 쌩 지나갔다. 평소 같았으면 '잘 달리네, 멋있다'라고 생각했을 것이다. 그런데 그 아이에게 나의 부족함을 들킨 것만 같아서 순간 분했다. 동시에 '꼬마도 하는데 나라고 못할 것 있나?' 하는 오만한 마음도 들었다. 다시 한번 아이를 따라가기 위해 힘을 냈지만 이미 벌어진 거리를 좁히기란 역부족이었고, 결국 그 아이는 눈앞에서 사라졌다. 순간순간 다양한 감정을 느꼈다. 분함, 한심함, 도망치고 싶은 마음 등 대부분 좋은 감정보다는 스스로에 대한 실망에서 오는 나쁜 감정이었다. 다시 걷고 뛰고 걷고 뛰고, 그 이후는 딱히 생각이 안 날 정도로 어찌어찌 5km를 완주했다.

마라톤이 끝나면 크리스마스 선물처럼 보따리와 완주 메달을 주는데, 얇은 비닐봉지 안에는 곰보빵과 물, 사과주스가 들어 있었다. 다 커서 메달을 받아 본 적이 있었나? 나는 메달을 받자마자 바로 목에 걸었다. 그러자 신기하게도 힘들었던 기억들이 말끔히 지워지는 것 같았다. 메달을 깨물어도 보고, 앞뒤로 돌려 가

뿌듯함으로 가득 찬 하루

며 사진도 찍고, 지인들에게 자랑도 하고, 모든 것이 새롭고 값진 경험이었다. 대회가 끝나고 밥을 먹을 때도 목에는 메달이 걸려 있었고, 이후로도 메달을 떠올리면 한동안 웃음이 멈추지 않았다.

평소보다 긴 거리를 뛴 탓에 다음 날은 근육통에 시달렸다. 그런데도 마음속으로는 해냈다는 '뿌듯함'이 있었다. 나는 홀린 듯 컴퓨터를 켜 다음 마라톤 일정을 검색했다. 무슨 자신감인지 좀 더 긴 거리인 10km를 선택했다. 그렇게 러너의 근육이 붙기 시작했다.

°

달리기 시작을

망설이는

사람에게

°

누군가 달리기를 하고 싶은데 어떻게 시작해야 할지 모르겠다고 물으면, 나는 처음부터 거창한 계획을 세우지 말라고 말한다. 운동을 시작할 때 사람들은 복장이며 장비며 무언가 다 갖춰진 상태에서 하려고 한다. 그런데 그러면 본인 역량보다 목표만 높아지고, 달리기도 최소 30분은 뛰어야 할 것 같은 강박에 사로잡힐 수 있다. 방법도 모르는데 처음부터 무조건 있는 힘을 다해 달리면 그만큼 쉽게 지치고 포기도 빨라진다.

그래서 나는 어떤 이유로든 달리기를 즐길 줄 알아야 한다고 생각한다. 그래야만 한 번 더 달릴 수 있고, 꾸준한 반복이 지속될 때 오래오래 할 수 있는 힘이 생긴다. 달리기가 처음이라면 가벼운 마음으로 시작해 보자. 일단 문밖으로 나가 걸음이라도 떼 보는 것이다.

• 동네 한 바퀴부터 달려 보기

거리는 중요하지 않다. 짧든 길든 정하지 않고 일단 달려 보는 것이다. 달리기의 장점 중 하나는 일상의 풍경을 근사한 명화처럼 바꾸어 놓는다는 것이다. 매일 걸어 다니던 길도 뛰면 또 다르게 보인다. 평상시에 드나들지 않던 길로 들어섰는데 지름길이라도 발견하면, 뜻밖의 기쁨으로 하루가 채워지기도 한다.

• '러너스 하이' 느껴 보기

달리는 자만이 알 수 있는 짜릿한 쾌감, '러너스 하이'. 달리기를 하며 숨소리에 집중하다 보면 어느새 쿵쾅쿵쾅 빨리 뛰는 심장을 느끼면서 웃고 있는 자신을 발견하게 될 것이다. '이렇게 숨이 차는데 왜 웃음이 나지?'라고 생각할 수 있지만 그 기분은 말로 설명할 수 없을 정도다. 이때부터는 아무리 달려도 지치지 않을 것 같고, 계속해 달리고 싶은 마음이 든다.

• 러닝머신보다는 야외에서 달리기

내가 '달리기하러 나오길 잘했다'라고 생각이 들 때는 달리면서 바람을 느낄 때다. 귓볼에 닿는 바람 느낌도 좋고, 귓가를 스치는 바람 소리를 들으려고 일부러 노래를 듣지 않고 뛸 때도 많다. 바람 소리를 들으면 은근히 마음이 편안해지고, 팔다리의 움직임에 더 집중하며 달릴 수 있다. 더구나 자연을 배경으로 달리면 길가의 이름 모를 풀이나 꽃, 푸른 나무, 새소리, 풀 내음 같은 자연 그대로를 보고 느낄 수 있어 복잡한 마음이 가지런해지곤 한다. 그 차분함이 좋다.

• 거리와 시간에 아랑곳하지 않기

달리기를 할 때 기록이 잘 나와야 한다는 생각에서 벗어나면 마음이 한결 가벼워진다. 그러면 뛰는 거리도 중요하지 않게 되고, 달리는 데 집중하면서 얼마나 달렸을 때 몸이 힘들어지는지, 그때 몸이 어떻게 반응하는지 오히려 내 몸 상태를 더 잘 체크할 수 있다.

달리기에 관한
오해와 진실

• 달리면 무릎 관절에 무리가 가지 않나요

처음 달리기를 하면 평소 뛰는 데 자신 있던 사람도 발, 발목, 무릎 등에 통증을 느낄 수 있다. 나 또한 달리기를 하며 한동안 무릎 통증이 있었는데, 그때는 뛰기보다는 걷기를 통해 근육을 강화시켰다. 그리고 이런 통증을 줄이려면 달리기 전 스트레칭이 필수다. 관절이나 근육이 놀라지 않도록 스트레칭을 꼼꼼히 하고, 만약 그래도 통증이 느껴진다면 당분간 달리기를 하지 않는 것이 좋다.

• 뛸 때 자세가 안 고쳐져요

어릴 때부터 바른 자세로 앉고 걸어야 한다는 말을 많이 들었을 것이다. 달리기를 할 때도 바로 그 '바른 자세'가 중요하다. 익숙하지 않더라도 상체는 곧게 펴고, 시선은 45도 정도로 하고, 팔을 ㄴ자로 가볍게 흔들면서 뛰어야 한다. 처음 달리기를 할 때 무조건 보폭을 크게 해 뛰려고 했던 기억이 난다. 나중에 알았지만 그러면 오히려 발목이나 무릎에 무리가 갈 수 있다고 한다. 보폭을 좁게 하면서 조금 빠른 걸음으로 걷듯이 달려야 한다.

• 달리면 배가 아파요

배가 아픈 원인은 잘못된 자세, 소화 불량 등 다양하지만, 나의 경우 충분한 소화가 이루어지지 않았을 때 배(옆구리)가 아팠다. 그래서 짧은 거리를 뛰기 전에는 먹는 것을 피하는 편인데, 먹더라도 대부분 3~4시간 전에 소화가 잘되는 죽, 식빵(모닝빵), 파워젤을 먹는다.

• 실내와 실외 달리기의 차이점은 무엇인가요

실내 달리기는 제한된 공간에서 이루어지기 때문에 어떻게 해야 할지 어느 정도 상황이 대충 그려진다. 그

런데 실외 달리기는 다르다. 로드 러닝만 하더라도 예상하지 못한 상황이 왕왕 발생한다. 길을 잃는다거나 갑자기 튀어나온 사람과 부딪히는 등 대부분 부주의가 원인이지만, 그만큼 신경 쓸 것이 많다. 그런 면에서 초보자에게는 실내보다 실외 달리기가 훨씬 더 어려울 수 있다.

• 여름과 겨울에 달리기가 힘들어요

달리기 좋은 계절은 단연코 봄이나 가을일 것이다. 하지만 달리기를 하다 보면 결국 무더운 여름, 추운 겨울에도 달리게 된다. 놀랍게도 사실이다. 봄과 가을에 있을 대회 준비를 하려면 어쩔 수 없다. 여름에는 실외를 달리며 열 적응 훈련을 하고, 겨울에는 위축된 관절을 움직이면서 몸을 풀어 주는 것이다. 즉, 최악의 조건에서도 달리기를 할 수 있도록 하는 훈련인 셈이다. 그래도 너무 무더운 여름날 달리기를 해야 한다면 새벽이나 밤에 달리며 무리하지 않으려고 한다.

• 러닝화 고르기가 어려워요

다양한 종류의 러닝화가 있는데, 내 발에 맞는 신발 선택이 중요하다. '맞는 신발'은 사이즈만 의미하는 게 아니다. 내 발 모양이 어떤지, 내 주법은 어떤지 등을 고려해야 한다. 평상시에도 러닝화를 자주 신는다면 폼이 살아 있는지 확인해야 하며, 걸을 때 몰랐던 문제가 달리면서 발견되는 경우가 있으니 이런 부분을 체크해 두어야 한다.

• 달리는데 늙는 기분은 뭘까요

러너들 사이에서 "달리기하면서 늙는 거 같아~"라는 말을 들어 본 적이 있을 것이다. 사람마다 다르겠지만 어느 정도는 맞는 말이다. 마라톤을 하다 보면 장시간 햇빛에 노출되고, 바람의 저항을 많이 받으면서 피부에 좋지 않은 영향을 주는 것은 분명하다. 반대로 달리는 횟수나 강도에 따라 다이어트 효과가 있기도 하고, 물을 자주 마시는 습관이 길러진다거나 땀으로 노폐물이 배출되면서 오히려 피부가 좋아지기도 한다.

• 맨날 뛰어도 될까요

매일매일 달리기, 안 될 것 없다. 할 수만 있다면 나도 그러고 싶다. 운동으로 몸을 단련하고 적절한 휴식을 취하면 좋다는 것은 모두가 아는 사실이다. 특히 달리기는 평소에도 마음만 먹으면 누구나 도전해 볼 수 있는 운동이다. 매일이 아니더라도 가벼운 마음으로 한번 뛰어 보길 권한다. 그러면서 나만의 운동 루틴을 만들어 보는 것이다.

°

I의
단체 생활

°

나는 겉으로 보기에는 외향형처럼 보이지만, 아직까지도 혼자 있는 게 편한 뼛속까지 내향형 인간이다. 집에서 조용히 영화를 보면서 맥주 마시는 걸 좋아하고, 혼자만의 시간에서 행복을 느끼는 I형. 그런데 달리기를 시작하면서 내 MBTI에도 조금 변화가 생겼다.

친구들과 시간이 맞지 않아 홀로 마라톤에 나갔을 때 일이다. 숨이 차오르고 점점 힘이 들 때쯤 멀리서 "파이팅!" 외치는 소리가 들렸다. 고개를 돌려 옆을 보니 응원해 주는 사람과 같은 옷을 입은 참가자가 달리고 있었다. 같은 동호회원에게 힘을 불어넣어 주는 것이었다. 마치 그 응원 소리가 나를 응원하는 것처럼 들려 나도 덩달아 힘이 났다. 마라톤이 자기 자신과의 싸움이긴 하지만 누군가와 함께여도 좋겠다는 생각이 들었다. 하지만 낯을 많이 가리는 파워 I형인 내가 과연 동호회에 속해 단체 생활을 할 수 있을지, 선뜻 용기가 나지 않았다.

그러다 호기심이 발동했다. 러닝크루(달리기 모임)는 어떨까. 마침 SNS에 '한강공원 뛸 사람'을 모집하는 것을 보고 용기를 내 신청했다. 여럿이, 그것도 잘 모르는 사람들과 함께 뛰어야 한다는 사실에 긴장되었지만, 이참에 러닝크루도 경험해 보고 새로운 곳도 한번 뛰어 보고 싶었다. 그런데 바라던 대로 새로운 경험은 했지만 나는 결국 그들의 페이스를 따라가지 못했고, 한계를 먼저 느꼈다. 혼자 뛰는 것에 익숙하기도 했지만, 여러 명의 페이스에 맞춰 끝까지 뛰기란 생각보다 더 어려웠다. 안간힘을 다해 뛰다가도 달리는 도중 멈춰 서기를 반복해야 했고, 누군가는 자신의 속도를 늦추며 나를 기다려야만 했다. 그날의 민망하고 미안한 마음이 오래도록 남아 그때 이후 나는 더 열심히 연습했다. 언젠가 다른 누구와 뛰더라도 민폐쟁이가 되지 않기 위해.

그 경험으로 변화한 것도 있다. 누군가도 나처럼

혼자 있는 게 편해
파이팅~
함께 뛸래요?
누가 나 좀 데려가 줘~!

'새로운 장소에서 달려 보고 싶지 않을까', '단체로 달리는 재미를 느껴 보고 싶지 않을까' 생각하게 되었다. 당시 나는 보라매공원 근처로 이사해 사람들에게 달리기 좋은 장소로 보라매공원을 소개해 주고 싶었다. 곧장 SNS에 글을 남겼다. '뛸 사람 모집합니다! 내일 아침 보라매공원으로 모이세요!' I형이 리더십을 발휘해 벌인 첫 번째 일이었다.

내가 리더를 자처했으니 빠져나갈 구멍은 없다. 민폐를 끼치지 않으려면 열심히 뛰는 수밖에. 남에게 피해 주는 일을 죽기보다 싫어하는 데다가 여럿이 뛸 때 뒤처지면 미안함을 느끼는 성격 때문에 이 악물고 뛰는 날이 많지만, 누군가와 함께 달리게 되었을 땐 조금이라도 도움이 되려고 노력한다. 나 역시 함께하는 러너들이 있어 성장하고 있으니 말이다.

간혹 러닝크루를 직접 만들어 사람들을 모집하는 모습이 리더십 있는 사람으로 보일지 몰라도 나의 실상은 여전히 '누가 나 좀 데려가 줘' 쪽에 가깝다. 그런데도 '성장할 수 있는 순간이 일회성으로 끝나지 않

고 계속되었으면 좋겠다'라는 생각에 종종 모임을 만들어 뛰고 있다. 낯선 누군가에게 말을 건네는 건 여전히 쉽지 않지만, 누군가에게 함께 달리는 경험을 만들어 주고, 달리기를 처음 시작하는 사람에게 좋은 기억을 심어 줄 수 있다면 그것만큼 보람된 일도 없다. 혼자서는 어려운 마음도 함께하면 뭉쳐지니 말이다. 그래서 용기 내 말해 본다.

"저는 사실 I예요. 달리기 덕분에 E처럼 살고 있을 뿐이죠. 모두 함께 뛰어 줘서 고마워요."

°

러닝크루
가이드

°

나는 러닝머신 위에서 뛰는 것보다는 밖에서 뛰는 것을 더 좋아해 거센 비가 내리지 않는 이상 웬만하면 야외에서 달린다. 직접 땅을 밟고, 달라지는 풍경을 눈으로 보고, 바람을 온몸으로 느끼고, 다양한 지형을 경험하며 달리는 게 재미있기 때문이다. 야외에서 달리는 방법도 여러 가지가 있는데, 혼자 쭉 달릴 수도 있고 여럿이 함께 달릴 수도 있다. 요즘은 실시간으로 함께 뛸 사람을 구하는 경우도 많아 단체로 좀 더 재밌게 달리고 싶다면 러닝크루를 찾아보는 것도 방법이다. 그렇다면 러닝크루에는 어떻게 접근해야 할까.

운동을 시작할 때 무엇을 할 것인지 정하고 나면 대부분 그 운동을 할 수 있는 장소를 우선 찾는다. 그때 보통 집 근처, 직장 근처에서 찾아보는데 아마도 거리가 가까울수록 참여가 더 편하기 때문일 것이다. 러닝크루도 비슷하다. 물론 달리기에 빠지면 위치, 지역에 상관없이 움직이게 되지만, 처음 러닝크루와 같은 모임에 들고 싶다면 집이나 직장 근처에서 찾아보는 게 좋다. 간단하게는 인스타그램, 카페, 오픈 채팅방, 아웃도어 모임 어플 등에서 찾아볼 수 있다.

이때 곧바로 모임에 들어도 좋지만, 기존 러닝크루에 게스트로 참여해 자신과 맞는지 따져 본 후 크루를 정해도 된다. 러닝크루의 분위기는 어떤 것을 지향하느냐에 따라 다른데, 달리는 장소와 거리, 참가비, 뒤풀이, 쉬는 시간 등 조건 유무가 모두 달라 선택하기 나름이다. 보통 크루에 속하면 크루원 모두가 잘 달리는 것은 아니므로 페이스에 따라 조를 나누어서 뛴다. 무작정 잘 뛰는 사람에게 맞추면 초보자는 부담을 느끼고 끝까지 함께하지 못할 수도 있기 때문이다. 예를 들어 1 그룹은 5:00 페이스, 2 그룹은 5:30 페이스, 3 그룹은 6:00 페이스로 나뉘어 있다면, 자신이 1km 당 몇 분 대로 달리는지에 따라 그룹을 선택하면 된다. 이때 초보자라면 맨 마지막 그룹에 들어가면 된다.

러닝크루는 정해진 요일에 정기적으로 뛰는 게 일반적이지만, 스케줄을 맞추기 어렵다면 비정기적인 곳도 있으니 달리고 싶은 마음만 있다면 얼마든지 참여가 가능하다. 러닝크루의 가장 좋은 점은 여러 명이 함께 운동하면서 시너지를 높일 수 있다는 것이다. 그래서 러닝크루에 들어갔다면, 다 같이 마라톤 대회에 나가는 것을 추천한다. 특히 마라톤이 처음이라면 말이다. 물론 혼자서도 마라톤 대회에 나갈 수 있지만 홀로 참가하면 웅장한 대회 분위기가 어색하고, 압박감이 들 수 있다. 그래서 크루원들과 함께 출전해 서로 정보도 공유하고 응원도 하면 마라톤을 좀 더 즐길 수 있다. 이때 처음에는 목표한 거리에 따라 나가는 게 좋다. 만약 4km를 뛰어 봤다면 5km 마라톤에 나가 보는 것이다. 그다음, 어느 정도 거리에 익숙해졌다면 목표한 속도에 따라 나가 본다. 평소 5km를 6:00 페이스로 달렸다면 5:00 페이스로 완주하겠다는 목표를 세우는 것이다.

나의 경우 러닝크루에 들어갔을 때 가장 부지런한

생활을 했었다. 아침 일찍 함께 뛰고 활기차게 하루를 시작하는 사람들을 가까이에서 보면 동기부여가 됐었다. '나도 하면 할 수 있구나' 하는 자신감이 생겼고, 삶을 바라보는 시각도 긍정적으로 변했다. 그리고 달리기를 함께하는 사람이 모여 있어서인지 내가 좋아하는 걸 지지받는 느낌도 좋았다. '탁, 탁, 탁' 여럿이 발맞춰 뛸 때 들리는 리듬감 있는 발소리가 마치 잘하고 있다는 응원 소리처럼 들리기도 했다.

러닝크루에 들까 말까 고민 중이라면 우선은 한번 해 보라고 말해 주고 싶다. 분명 홀로 뛸 때와는 다른 에너지를 얻을 수 있다. 옆에 선의의 경쟁자가 함께 뛰고 있으니 내 실력을 점검할 기회로 삼을 수 있고, 실제로 실력 향상에도 도움이 된다.

#오달완

SNS를 이용해 많은 것을 표현하는 시대다. 그중 '오늘 운동 완료'를 의미하는 '오운완'이라는 해시태그가 유행한 것에는 이유가 있다고 생각한다. 운동으로 하루를 기록하고, 성취를 느끼고, 그것을 통해 나를 알리는 것까지 여러 의미가 있을 것이다.

그런데 운동을 꾸준히 매일 하기란 쉽지 않다. 특히 쉬워 보이는 달리기도 막상 시도해 보면 마음처럼 되지 않는다. 달리기는 체력과 정신력 싸움이다. 숨이 가쁜 순간에도 일정한 속도를 유지해야 하고(때로는 속도를 점점 더 높여야 하며) 목표로 정한 거리가 한참 남아 있어도 '이제 다 왔어. 조금만 더 달리면 돼'라며 끊임없이 최면을 걸어 나 자신을 속여야 한다. 나는 달리기뿐 아니라 다른 운동도 꾸준히 해 체력 면에서는 지지 않는 편이지만, 초보 러너나 이러한 달리기의

과정을 경험해 보지 못한 사람들은 숨이 차는 고통의 순간을 잘 버티지 못하는 게 대부분이다.

달린 지 8년 차에 접어드니 달리는 장소도 익숙하고, 코스도 점점 비슷해져(달리는 특정 코스가 많이 겹친다) 나는 '이제 다 왔어'라는 자기 암시에 자주 실패하고 만다. 그러면 당장 멈추고 싶고 편안해지고 싶다. 하지만 끝나고 나서 '왜 내가 멈추었지'라는 자괴감에 사로잡히기 싫어 이를 악물고 끝까지 뛴다.

달리기를 하며 이런 패턴이 반복될 즈음, 나는 '오운완'의 순기능을 이용하기로 했다. SNS 인증으로 자기 암시의 방법을 바꾸니 예상보다 효과가 더 좋았다. '이제 다 왔어'라고 나를 다독이는 것보다 '오늘 뛴 거 기록해야 하는데, 마지막에 걸어서 되겠어? 멋지게 인증해 보자!'라고 마음먹으니 흐트러진 마음이 다시 다잡아졌다.

물론 SNS가 순기능만 있으랴. SNS에 인증을 하자 자세가 안 좋다는 둥, 그렇게 연습하면 안 된다는 둥, 컨디션에 따라 조절해 뛴 거리에 의지가 부족하다는 둥, 생각지 못한 질타를 받기도 했다. 그래도 의기소침해지지 않고 불특정 다수의 시선을 역으로 이용해 나의 부족한 점을 체크하고는 했다. 하지만 결국에는 이런들 어떠하고 저런들 어떠하리, 하는 마음만 남는다. 그저 달리기를 통해 하루의 시작(혹은 마무리), 기쁨을 누리는 게 중요하다. 어제의 나와 비교해 나아진 내 모습보다 보람찬 것은 없으니까.

°

작은 용기를
내는 일

°

밤에 일찍 자면 괜히 시간이 아까웠다. 퇴근 후 시간은 소중했고, 저녁 달리기 말고도 이것저것을 하며 늦게 잠들기 시작했다. 결과는 항상 같았다. 다음 날 출근 시간에 아슬아슬하게 일어나 버스 정류장까지 뛰어가는, 이상한 루틴이 만들어졌다(버스를 놓치지 않을 때마다 나는 러너여서 안 놓친 거라는 위안을 하곤 했다). 잘 생각해 보면 일찍 자고 일찍 일어나는 좋은 습관이 있는데, 괜히 밤에 늦게 자야 한다는 오기가 나쁜 습관을 만든 것 같았다.

아침밥도 제대로 못 챙겨 먹고 허둥지둥 출근하는 게 습관처럼 되었을 때 결국 회사에 지각을 하고 말았다. 출근 줄타기에서 항상 이겼다는 얄팍한 자신감이 한순간에 무너졌다. 나는 이 굴레에서 벗어나야 한다고 생각했다. '내가 좋아하는 달리기로 아침을 개운하

게 시작해 보자. 나는 못하는 사람이 아니라 안 하는 사람이었다는 것을 보여 주자.' 그런 마음으로 출근 전 달리기를 하기 시작했다.

그러나 잘해 오다가도 출근 전에 달리기를 못할 사정은 언제든지 만들 수 있었다. 침대가 날 놓아주지 않아서, 전날 밤에 무리를 해서, 조금만 더 누워 있고 싶어서 등. 그런데 그렇게 머뭇거리며 고민하다 다시 자려고 해도 찝찝함에 제대로 잠이 들지 않았다. 그 모습이 싫어 다짐했다. 그래, 일단 나가 보자!

출근 전 달리기 1일 차. 첫날은 해내고자 하는 의지가 가장 강한 날이다. 힘들어도 끝까지 하고 말겠다는 마음으로 목표한 7km를 채웠다. 나와의 싸움이 힘들지만 아직은 의지가 있는 2일 차. 얼마를 달렸는지는 중요하지 않았다. 이불 밖으로 나온 나 자신을 칭찬했다. 아슬아슬한 3일 차. 더 누워 있기 위한 이유를 만들고도 싶지만 역시 나와 보니 새벽바람이 좋다. 일어나는 게 힘들었던 4일 차. 조금 늦게 일어났지만 5km는 뛰고 들어갔다. 5일, 6일… 그렇게 나는 꾸준히 습관을 만들어 가고 있었다.

달리기를 하며 내가 느낀 뿌듯함을 사람들과 공유하고 싶어 달리기하는 과정을 영상으로 만들어 유튜브에 올렸다. 그리고 첫 댓글이 달렸다. "좋은 영감을 주셔서 감사합니다." 댓글을 보는 순간 대견한 마음이 들었다.

이른 시간에 일어나 달리는 것은 내 안의 끝없는 갈등을 마주하고 작은 용기를 내는 일이다. 지금처럼 행동하는 사람이 돼 보자. 이불을 박차고 일어나는 건 여전히 힘들지만, 나는 앞으로도 나와의 약속을 지켜 나갈 것이다.

0km

5km

10km

21km

42.195km

°

새벽
달리기

°

한참 미라클 모닝이 유행할 때, 어떻게 하면 아침 시간을 유용하게 쓸 수 있을까 고민하다가 내가 좋아하는 달리기로 미라클 모닝을 실천해 봐야겠다는 생각이 들었다. 왠지 달리기라면 해 볼 수 있을 것 같았다. '내일 새벽에 달리기를 해야지' 잠들기 전 되뇌어서인지 새벽 5시 알람 소리에 눈이 번쩍 뜨였다. 그 시간에 일어나면 출근하기 전까지 5km는 뛸 수 있는 여유가 있었다.

새벽에 달리면 좋은 점은 새벽만의 고유한 청량함을 그대로 느낄 수 있다는 것이다. 살짝 이슬이 내려앉은 풍경을 배경으로 천천히 뛸 때 새벽 공기가 양볼에 와닿는 느낌은 잠을 깨우기에 충분했고, 바람이 불어오면 그것만으로도 기분이 상쾌해졌다. 그렇게 새벽 달리기를 맛본 후론 조금 늦게 일어나더라도 나가서 뛰기를 반복했다. 출근 시간까지 남은 시간이 애매하더라도 짧은 거리를 빠르게 뛰고 들어오기도 하고, 어떤 날은 5시보다도 일찍 일어나 뛰면서 여유롭게 한 바퀴를 더 돌기도 했다. 저녁에는 사람이 꽤 많은 공원인데도 평일 새벽에는 조용했다. 그 속에서 평온한 마음이 들었다. 무엇보다 새벽 달리기를 하고 와 출근을 하면 마치 어릴 때 착한 일을 하고 칭찬 스티커를 받은 것처럼 그날은 하루 종일 기분이 좋았다.

그런데 새벽 달리기의 후유증도 있었다. 생각보다 빨리 피곤해진다는 것. 그래서 새벽 달리기를 시작한 지 4일이 지났을 무렵부터는 점심시간이 오기만을 기다리게 되었다. 배가 고파서가 아니라 1분이라도 빨리 엎드려 쉬고 싶은 마음이 들었기 때문이다. 물론 이후에는 새벽 달리기에 몸이 적응했는지 피곤한 증상도 어느 정도 해결되긴 했지만.

새벽 달리기를 시작하기 전에는 '내가 할 수 있을까' 의심이 많았다. 그런데 막상 해 보니 결국 모든 것은 마음먹기에 달렸다는 것을 알게 되었다. 그리고 나

도 변할 수 있다는 자신감이 생겼다. 예전에는 무언가를 시작했을 때 예상보다 큰 장벽에 부딪히면 좌절하고 후회하면서 한 발 뒤로 물러선 적이 많았다. 그런 내게 새벽 달리기는 포기하지 않으면 달라질 수 있다는 확신을 갖게 해 주었다.

°

비가 와도
괜찮아

°

달리기를 좋아하는 나도 비가 오면 잘 나가지 않는다. 그런데 피할 수 없는 상황이 있다. 바로 마라톤 대회와 같이 이미 정해진 날, 기상예보가 어긋나는 경우다.

어느 여름날 올림픽공원에서 마라톤 대회가 열렸다. 많은 러너가 한 공간에 모였고, 시작 전 행사를 즐기며 출발을 기다리고 있었다. 그런데 갑자기 비가 내리기 시작했다. 분명 비가 온다는 이야기는 없었는데 말이다. 달리기를 할 때 날씨는 중요하다. 특히 대횟날은 더 그렇다. 기온, 습도 등 환경적 요인이 달리는 데 영향을 미치기 때문이다. 물론 뛰기에 적합한 7~14도의 온도, 습도 80%의 날씨라면 가장 좋겠지만, 비가 온다고 해서 최악의 상황은 아니다. 장대비만 아니라면 보슬비는 오히려 좋은 환경을 만들어 준다. 보슬

보슬 내리는 비가 공기를 깨끗하게 정화시켜 숨쉬기가 편해지기 때문이다. 보슬비가 내려 '행운이네!'라고 생각한 것도 잠시, 갑자기 빗방울이 굵어지더니 눈 깜짝할 사이에 폭우로 바뀌었다. 이러면 상황은 달라진다. 비에 젖어 몸은 점점 무거워지고, 시야는 좁아지며, 질펀해진 지면을 향해 발을 내디딜 때마다 미끄러지지 않도록 조심해야 한다. 그만큼 몸이 긴장된 상태로 뛰게 된다. 특히 계속 젖은 옷을 입고 뛰다 보니 체온이 급격하게 떨어진다는 게 문제였다. 당시에는 비를 피할 방법도 없어 나는 더 힘껏 몸을 움직였다.

언젠가 이런 고민을 해 본 적이 있다. 만약 뛰는 중에 비가 온다면 포기할 것인가? 아니면 비를 맞으며 계속 뛸 것인가? 마음속 답은 이미 정해져 있다. '시작한 것은 포기하지 않는다'.

슬프게도 코스에는 약간의 흙길 구간도 있었다. 분명 비가 안 왔다면 다양한 지형을 밟아 볼 수 있어 좋은 경험이 되었을 테지만, 폭우가 오면 흙길은 진흙길이 되고 만다. 운동화는 자꾸만 진흙과 떨어지지 않

으려고 했고 하얀색 운동화는 언제 그랬냐는 듯 황토색으로 물들었다. 거센 비에 저항하며 달리는 것은 달리기를 오래 한 사람에게도 어렵다. 다만 폭우 속을 혼자서 달리는 게 아니라 다 같이 한 방향을 향해 달리고 있기 때문에 참고 견딜 뿐이다.

마지막 1km가 남은 지점에 포토존이 보였다. 비록 꼴은 엉망이었지만 나는 그 순간의 기분을 담아 카메라를 바라보았다. 그러고는 남은 1km를 달려 골인했다. 쉬지 않고 달렸더니 기대한 것보다 기록이 괜찮았다. 나쁘지 않은 기록과 빗속을 뚫고 완주했다는 기쁨, 끝나고 따뜻한 물에 몸을 녹이는 순간까지 완벽했다. 며칠 뒤, 그 기쁨이 조금씩 사그라들 무렵 사진이 도착했다. 사진 속에는 비 때문에 눈도 제대로 뜨지 못한, 그렇지만 활짝 웃고 있는 내가 있었다.

달리면서 그리는
그림

러너들은 달리는 거리와 속도, 케이던스(사이클에서 1분 동안 페달을 밟는 회수를 의미하며, 달리기에서는 1분당 걸음 수를 의미한다) 등을 핸드폰 또는 시계를 이용해 측정한다. 이때 GPS를 보면 내가 뛴 길이 마치 그림처럼 표시되는데, 이를 'GPS 아트', '아트 러닝'이라고 한다.

달리기를 시작해 어느 지점에 도착하면 갖가지 모양의 그림으로 완성되는 아트 러닝은 마치 보물을 발견한 것 같은 기분을 느끼게 해 나도 좋아하는 달리기 방식이다. 실제로 러너들은 곳곳을 아트 러닝 코스로 활용하기 시작했다. 강아지, 토끼, 고구마 등 그 종류만 해도 수십 가지며 코스도 여러 군데라 기호게 맞게 선택하면 된다.

내가 제일 좋아하고 많이 뛰어 본 곳은 여의도에 있

는, 다 뛰고 나면 고구마 모양의 그림이 완성되는 곳이다. 공원을 중심으로 8~10km를 달리는데, 뛰는 거리, 강도, 그림 결과가 모두 만족스러운 코스다. 게다가 달리기의 시작점이 어디냐에 따라서 고구마 줄기가 나올 수도 있고 고구마 반 개가 될 수도 있어 흥미롭다.

또한 종로에는 다 뛰고 나면 강아지 모양의 그림이 완성되는 코스도 있다. 아트 러닝이 재밌는 것은 지도를 보지 않으면 그냥 평범한 길처럼 보이는데 지도를 확인하면서 달리다 보면 어느새 내가 그림의 한 부분을 완성하고 있다는 것이다. 강아지 코스도 지도를 보면서 달리면 강아지의 귀가 완성되어 있기도 한다. 가끔은 아이디어를 더해 강아지에게 목걸이를 걸어 주기도 하고, 잘못된 길로 들어서면 강아지 꼬리가 짧아지기도 한다. 한번은 친구들과 함께 강아지 코스를 그려 보았는데, 한 명은 GPS가 튕겨서 꼬리가 길어졌고, 다른 한 명은 핸드폰 배터리가 닳아서 머리만 완성되기도 했다. 강아지 코스는 거리가 짧진 않지만, 뛰고

난 후 지도에 그려진 강아지를 보면 귀여운 모습에 웃음이 절로 날 것이다.

최근에는 아트 러닝 코스를 개척해 보고 싶어 자전거로 아트 라이딩을 하는 분께 어떤 식으로 그림을 선택하는지 조언을 구했다. 처음에는 지도를 계속 보는 게 중요하고, 그다음엔 직접 가 봐야 한다고 알려 주었다. 그리고 그림 소재를 찾을 때도 그때그때 의미 있는 무언가를 찾아보는데, 가령 토끼해면 토끼를 그려 보는 식이라고 했다. 물론 지도로 본 코스가 도로는 아닌지, 뛸 수 있는 거리인지 로드뷰를 통해 미리 점검하고 달려 보면서 확인하는 게 중요할 것이다. 그래야 완성도 있는 코스를 만들 수 있을 테니까.

아트 러닝은 달려야지만 선이 그려지기 때문에 멈추기 전까지는 어떤 결과물이 나올지 아무도 알지 못한다. 또 아트 러닝을 한다고 해서 거리와 페이스가 부족한 것도 아니다. 오히려 달리기에 즐거움을 더해 주니 유용한 장치라고 생각한다. 인터넷 포털 사이트나 SNS에 '아트 러닝'을 검색해 보면 이미 많은 러너가 만들어 놓은 코스들이 있다. 고래, 북극곰, 단발머리, 하트 모양 등을 찾아낸 러너들의 열정이 대단하기도 하고 왠지 귀엽게 느껴진다. 지금 이 순간에도 달리면서 그림을 그리는 누군가가 있을 것이다. 오늘은 어떤 그림을 그리며 달려 볼까.

고구마 줄기가 나오기도 함
쉬는 구간 없음!
Start!
여의도공원 파출소 부분
한강공원 터널
여의도공원
샛강 따라서

여의도 고구마런

여의도에서 가장 유명한 코스

8-10Km

- 여의도를 한 바퀴 돌면 고구마 모양이 완성되는 코스로, 쉬는 구간이 없다.
- 나의 경우 한강공원 터널(물빛광장 방향) 좌측으로 진입해 시작했지만, 여의나루역, 국회의사당 등 시작점이 다양하다.
- 저녁에 달리면 여의도 주변 멋진 야경을 감상하며 달릴 수 있다.
- 짐을 보관하고 싶다면 여의나루역 물품보관함을 이용하면 편리하다.

신호등 없는 구간
경복궁
창덕궁
터널 구간
GPS 튕김 주의
종묘
낙원상가 맞은편 신호등을
시작으로 광화문 옆에서 달림
Start!
종로3가역 12번 출구
짐 보관

광화문 시티런

반짝반짝 도심 속을 달리는 코스

10Km

- 나의 경우 '낙원상가' 맞은편 신호등에서 출발해 강아지 다리부터 만들기 시작했다(원작자의 경우 광화문역 2번 출구에서 시작했다).
- 중간중간 신호등이 많아 쉴 수 있다는 게 가장 큰 장점!
- 강아지 코는 '활짝핀메밀 경복궁역점'이 보이면 코너를 돌아 한 바퀴를 돌면 완성된다.
- 강아지 머리와 귀 부분을 만들 때는 신호등이 없고, 꼬리를 만들기 위해 터널로 들어갈 때는 GPS가 안 될 수 있으니 유의해야 한다.
- 원작자 : @run.sunshine.run

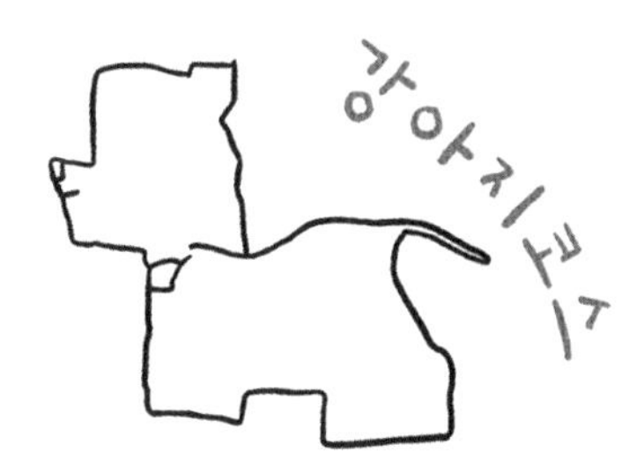

낙타 등을 오르는
포인트엔 실제로
엄청난 업힐이
낙타 등을
내려올 땐
다운힐
연못
뷰 포인트
GPS를 꼭 보고 갈 것!
마지막 다리를 그리며
트랙 300m 전력 질주 구간
Start!
과기대 운동장에서 몸 풀고 출발

서울과기대 낙타런

캠퍼스 안을 구석구석 누비기

5Km

- 서울과학기술대학교 안 캠퍼스를 달리는 코스로, 거리에 비해 오르막(업힐)과 계단이 있어 쉬운 코스는 아니다.
- 낙타 등을 그리고 내려오면 '붕어방'이라는 연못이 있는데, 수변데크와 어우러진 풍경이 무척 아름다운 곳이다. 러너들도 이곳에서 뷰를 감상하거나 사진을 찍기도 한다.
- 캠퍼스가 꽤 넓고 예뻐서 낭만을 느끼기에 충분하다.
- 마지막에 다리를 그릴 때는 운동장 안 트랙 300m를 전력 질주해야 한다.
- 원작자 : 땁도 N1RC

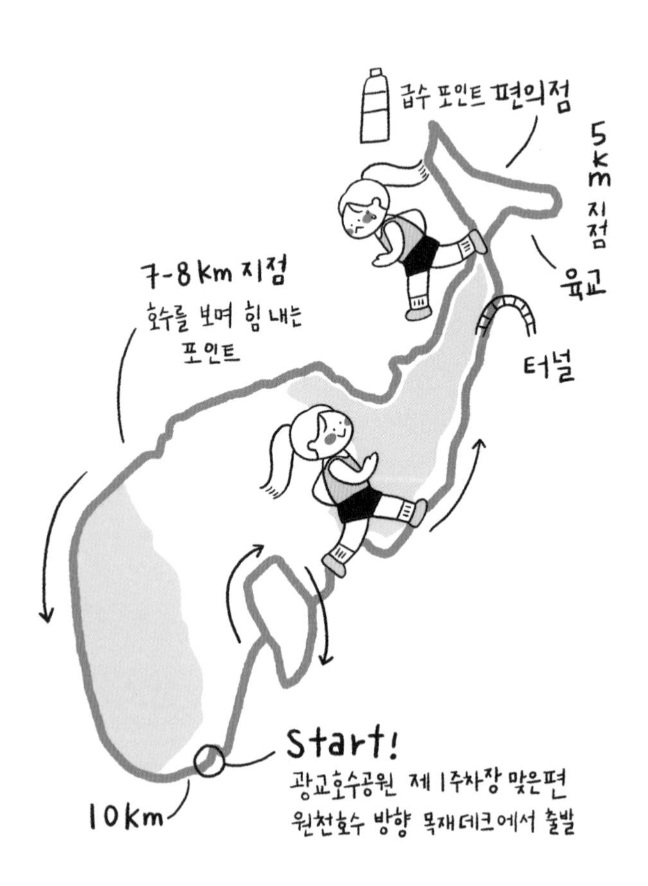
급수 포인트 편의점
5km 지점
육교
터널
7-8km 지점
호수를 보며 힘 내는
포인트
Start!
광교호수공원 제 1주차장 맞은편
원천호수 방향 목재데크에서 출발
10km

광교 고래런
다양한 지형과 반짝이는 호수
10Km

- 뛰어 본 사람만 알 수 있는 다양한 지형과 반짝이는 호수를 볼 수 있는 코스.
- 고래의 지느러미는 광교복합체육센터에서 광교호반마을 아파트 쪽으로 하천길을 따라 한 바퀴 돌면 완성할 수 있다.
- 출발 후 5km 지점에는 편의점이 있어 목이 마르다면 잠시 들러도 좋다.
- 약 7-8km를 달리면 힘들어질 때쯤 호수가 눈앞에 펼쳐지면서 다시 힘을 낼 수 있다.
- 고래 그림을 좀 더 디테일하게 만들고 싶다면 눈, 입을 그려 봐도 좋을 듯하다.
- 원작자 : @sdaengman

。

런태기를

극복하려면

。

런태기는 '러닝'과 '권태기'의 합성어로, 다양한 이유로 달리는 게 점점 재미없어지는 시기를 의미한다. 달리기를 하는 사람이라면 누구나 이 시기가 찾아온다. 나 역시 달리기를 시작하고 6개월이 지났을 무렵 슬럼프를 겪었다. 비슷비슷한 코스로만 달리다 보니 실증이 났고, 점차 달리기에 대한 열정도 식기 시작했다. 뭔가 변화가 필요한데, 어떻게 해야 할지 모르겠다면 다음과 같은 방법이 조금은 도움이 될 것이다.

• 운동 돌려 막기

달리기가 재미없어졌다면 다른 운동에 도전해 보는 것도 방법이다. 나는 좀 더 빠르게 달리고 싶은데 마음대로 되지 않았을 때 자전거에 도전했다. 특히 집에서 나가고는 싶은데 달리고 싶지 않다면, 자전거를 한

번 타 보라고 권하고 싶다. 따릉이(서울 공용 자전거)로 한강공원을 한 바퀴 돌며 바람을 느껴 보면 그만큼 황홀한 것도 없다. 또 자전거를 타고 가다 보면 옆에 달리기하는 분들이 꼭 있다. 그러면 다시 달리고 싶은 마음이 몽글몽글 피어오를지도 모른다.

• 대회 신청하기

대회를 신청했기 때문에 어쩔 수 없이 뛰어야만 하는 경우가 있다. 과거의 나는 미래의 나에게 런태기가 올지 알았는지, 대회를 많이 신청해 뒀었다. 어쩌겠는가. 이미 대회 신청은 되어 있고, 무사히 완주하려면 연습하는 수밖에. 그렇게 대회에 나가다 보면 대회 참가가 재밌어지면서 자연스럽게 런태기를 넘길 수 있다.

• "커피 한잔할래요?" 먼저 묻기

혼자 달리기, 단체 달리기, 여행지에서 달리기 등 다양한 방법으로 달리다 보면, 주변에 달리기를 하는 사람이 은근히 많다는 것을 알게 된다. 방법은 간단하다.

달리기를 좋아하는 사람이 있다면 주저 없이 밥 또는 커피를 먹자고 해 보는 것이다. 그러면 대부분 상대는 “그럼, 5km 뛰고 먹을까?” 대답하고, 당연하다는 듯이 운동화를 신고 약속 장소에 나온다. 누구 하나 어색해하지 않고, 만나서 뛰고 먹기까지의 과정이 너무나 자연스럽게 이어진다.

이제 “커피 한잔할래요?”는 같은 취미를 공유하기 위한 간단하고도 의미 있는 인사말이 되었다. 안부를 주고받듯이 하는 러너들의 이런 대화법은 밥을 먹자는 핑계로 달리기도 할 수 있어 시너지 효과를 낸다.

• 일단 걷기

나는 달리기만큼이나 집에 있는 것을 좋아한다. 그런데 집 안에만 있으면 나와의 타협에서 항상 지고 만다. 아무것도 안 하고 침대와 한몸이 된 채 움직이는 것을 포기하니까. 그래서 ‘누워 있는 게 최고’라는 생각이 사라지게끔 ‘공원에 있는 나무를 보러 갈까’, ‘새로 산 운동화를 신어 볼까’ 생각해 본다. 그러다 보면

결국 몸을 움직이게 된다.

수십 번 고민하다가 밖으로 나와 일단 걸으면, 그다음부터는 모든 게 자연스럽게 해결된다. 방금 전까지만 해도 침대에서 벗어나지 않으려고 했던 내가 언제 그랬냐는 듯 발목을 돌리며 스트레칭을 하고, 슬슬 뛸 준비를 하고, 실제로 30분이라도 뛰니 말이다. 다시 떠올려 봐도 그 모습에 웃음이 나지만, 잠시라도 뛰고 집으로 돌아갈 때는 늘 뿌듯한 마음이 들었다.

달리기를 좋아하는 마음에도 정체기는 올 수 있다. 다만 그렇더라도 나는 언제든 달리기를 다시 시작할 수 있도록 그때마다 꺼내 사용할 나만의 런태기 극복 방법들을 모아 두고 있다.

°

장거리
달리기에
필요한 준비

°

SNS의 순기능 중 하나인 '챌린지'는 러너 각자가 달릴 거리를 목표로 정하고, 목표한 러닝 누적 거리를 채워 공유하는 것을 말한다. 특히 챌린지는 장거리 달리기를 해야 할 때 효과적이다. 보통 풀코스를 뛰기 전에 이를 대비하기 위해 25km 내외 혹은 30km 내외를 뛰어 보며 몸이 장거리에 익숙해지게끔 반드시 연습을 한다. 평소 멘털이 강하고 달리기에 자신이 있더라도 풀코스를 뛸 때는 자기 통제가 잘 되지 않기 때문이다. 결국 연습만이 살 길이다.

만약 혼자서 연습하기 힘들다면 풀코스를 뛰어 본 러너에게 도움을 받는 게 좋다. 특히 우리나라의 큰 대회인 서울마라톤, 춘천마라톤, JTBC 서울마라톤을 앞두고 있다면 아마 주변에 한 명쯤은 대회를 준비하는 사람이 있을 것이다. 분명 그 러너도 출전을 앞두고 '내가 풀코스를 완주할 수 있을까?' 걱정스러운 마음으로 전전긍긍하고 있을 테니, 함께 연습하면서 부족한 부분을 보완하면 대회 전까지 조금은 실력을 키울 수 있다. 또 신청해 둔 풀코스 대회 전에 그보다는 짧은 거리를 목표로 하는 대회 리스트를 미리 뽑아, 이번 주 일요일은 10km, 다음 주 토요일은 21km, 3주 차 일요일은 33km, 이런 식으로 한 단계씩 스텝을 밟아 가는 것도 방법이다.

한번은 대회를 앞두고 각각의 크루가 모여 함께 뛴 적이 있었다. 큰 대횟날을 기준으로(보통 대횟날로부터 석 달 전) 주말마다 모여 연습했는데, 1주 차에는 10km, 2주 차에는 15km, 3주 차에는 21km, 이렇게 점점 거리를 늘려 갔다. 이때 5:00 페이스, 5:30 페이스, 6:00 페이스, 6:30 페이스 등으로 각자의 페이스에 맞게 팀을 나누어 뛴다. 특히 여의도공원에서 이런 모임이 자주 있는데, 큰 대회가 있기 전 서울에 있는 러너들이 한 번씩 만나게 되는 장소이기도 하다. 한 바퀴를 도는 거리가 약 5km로 최소 4~5바퀴를 뛰

어야 하며, 혹시나 누군가 늦게 달리거나 빨리 달려도 결국은 마주치게 되어 있다. 나는 이 모임의 게스트로 참여해 6:00 페이스로 뛰는 조에서 모르는 러너들과 함께 뛰었다. 뒤따라오던 러너 한 분이 같이 달리던 옆 사람에게 말했다.

"어제 숙제 못해서 80km나 남았어. 오늘 채우고 내일 또 뛰어야 해."

챌린지를 달성해 서로 공유하는 것을 '숙제'라고 지칭했다. 달리기를 숙제처럼 하는 걸 좋아하진 않지만, 그분의 마음이 뭔지는 알 것 같았다. 챌린지는 숙제가 될 수도 있지만 나에게는 마음을 다잡는 다짐에 가깝다. 꼭 대회를 앞둔 게 아니라도 나의 챌린지는 지금도 진행 중이다.

°

해외 여행 말고
해외 마라톤

°

러너라면 한 번씩 꿈꾸는 마라톤이 있다. 바로 해외 마라톤 대회다. 나의 경우 이미 국내 마라톤 대회는 참여해 기록이 있기도 했고, 새로운 곳에서 또 다른 자극을 느껴 보고 싶었다. 해외에는 우리나라보다 다양한 이름의 마라톤 대회가 많다. 세계 6대 마라톤(보스톤, 뉴욕, 시카고, 런던, 베를린, 도쿄), 산악 마라톤, 이색 마라톤, 오지 마라톤, 울트라 마라톤, 휴양지 마라톤 등등. 그중 내가 찾아본, 비교적 접근이 쉬운 마라톤은 '휴양지 마라톤'이었다(세계 6대 마라톤은 추첨을 통해 갈 수 있고 말고가 결정된다).

휴양지 마라톤은 괌, 사이판, 하와이, 다낭 등지에서 열린다. 이곳들을 생각하면 먼저 반짝이는 에메랄드빛 바다, 푸른 하늘, 여유롭게 즐기는 사람들이 떠올랐다. 한번 가 보면 좋겠다고 생각했었는데, 때마침 좋은 기회로 괌, 사이판, 다낭 마라톤을 뛰게 되었다. 그 중 사이판 마라톤은 섬에서 가장 아름다운 경치로 유명한 비치 로드를 달리는 코스로 이루어져 있는데(괌 마라톤은 하프코스 이상에 참가해야지만 바다를 보면서 달릴 수 있다), 도시의 공원에서 시작해 바다를 옆에 두고 뛸 수 있다니 상상만 해도 기분이 좋았다.

게다가 이곳에서는 대회가 끝난 후 애프터 파티가 열린다. 여태 국내외 어느 대회에서도 러너들을 위한 이런 행사는 없었는데, 무척 흥미로웠다. 국내 마라톤 대회에서는 참가자 대부분이 대회 종료 후 순위 시상은 보지 않고 집으로 돌아가는데, 애프터 파티에 시상식이 포함되어 있어 끝까지 그 자리를 즐길 수 있다. 마라톤을 완주했다는 영광과 함께 뷔페처럼 식사 공간이 주어지고, 수상자는 물론 참여한 모두가 모여 서로를 축복해 준다. '마라톤은 축제다'라는 말을 자주 했는데, 그 말이 더 선명하게 다가왔다.

사이판과 괌 마라톤을 경험 삼아 나는 올여름, 다낭 마라톤에 참가했다. 규모가 큰 국내외 마라톤 대회에

서는 대회 전날 마라토너들이 참여해 즐길 수 있는 엑스포가 열린다. 나는 다낭 마라톤의 엑스포에 참석해배 번호표, 기록칩, 안내 책자 등을 수령하고 관련 행사에도 참여하며 알찬 시간을 보냈다.

다낭 마라톤은 다른 마라톤 대회보다 좀 더 이른 시간에 출발했다. 풀코스는 새벽 3시, 하프코스는 새벽 4시, 10km는 5시 출발이었다. 내가 뛴 하프코스는 다낭을 대표하는 해변인 미케 비치을 따라 달리는데, 일출과 아름다운 풍경을 함께 감상할 수 있다. 다만 유의할 점은 어두웠던 하늘이 점점 밝아지면, 기온이 오르면서 페이스 유지가 쉽지 않다는 것이다. 게다가 달리며 보는 주변 풍경이 너무 예뻐서 나도 모르게 여러 번 정신을 빼앗겼다. 기후 탓을 하고 싶진 않지만 열대기후는 확실히 달랐다. 태양이 따갑다는 게 뭔지 제대로 실감했다. 열대기후 지역이다 보니 보급으로 주는 바나나와 물 스펀지가 네 번 이상 보였다. 하지만 그때는 보급품을 다 챙겨 먹으면 배가 불러서 못 뛸 것 같아 염려스러운 마음에 선뜻 받지 못했다. 열대기

후에 익숙하지 않은 사람들은 뛰다가 과호흡으로 힘들어하기도 했다. 다행히 대기 중인 의료진들에 의해 상황은 빠르게 정리되었고, 나는 무사히 완주했다.

해외 마라톤은 길게 휴가를 내지 않는 이상 가기 힘든 게 사실이다. 그리고 참가비, 비행기 푯값 등 생각보다 비용도 꽤 든다. 여건상 해외 마라톤 참가가 어렵다면 국내에서 열리는 축제 같은 마라톤에 참여해 보면 어떨까. 팀별로 코스프레를 하면서 릴레이 형식으로 뛰는 마라톤, 혹한기에 알몸으로 달리는 이색적인 마라톤도 있다. 이런 마라톤들은 마라톤에 대한 이미지를 조금은 가볍게 바꾸어 주기도 한다. 나도 예전에 바나나 모양의 옷을 입고 7km를 뛰면서 미리 잘라 둔 파인애플을 만나는 사람마다 먹여 준 적이 있다. 이때 뛰는 동안 마법사도 보고, 헐크도 보고, 각양각색으로 자신을 꾸민 러너들을 보았다. 다들 달리기에도 진심이지만 '재미는 놓칠 수 없지'라고 말하는 듯했다.

페이스 집착에서 벗어나기

나에게 사람들은 어떻게 그렇게 자주 달릴 수 있냐고 묻는다. 그런데 사실 나는 내가 할 수 있는 만큼만 달리고 있다. 심지어 달리는 횟수에 비해서 잘 달리는 것도 아니다. 그저 5km 이내만 빨리 달릴 수 있을 뿐이다.

최근 〈1947 보스톤〉이라는 영화에 출연한 배우의 인터뷰를 보았다. 그는 달리기가 도착점까지 가야 한다는 단순 명쾌한 목표가 있어 좋다고 했다. 뛰는 순간부터 뛰어야 할 거리가 줄어드는, 그런 단순한 셈법도 명쾌하다고 덧붙였다. 내가 달리기를 좋아하는 이유도 그랬다. 쳇바퀴 돌 듯 반복되는 지루한 일상도, 무기력함이 지배한 하루도, 달리고 나면 언제 그랬냐는 듯 상쾌한 기분이 들고 결국에는 마침표를 찍을 수 있어 좋았다. 내가 능동적으로 한 일 중 가장 큰 만족

감을 안겨 준 것 역시 달리기였다.

그런데 가끔은 나도 나의 평균 페이스보다 속도를 높여 달려 보고 싶을 때가 있다. '나는 5:30 페이스로 달리는 러너야'라는 생각이 언젠가부터 '나는 이 정도밖에 달리지 못하는 사람이야'라는 생각으로 이어지면서 틀 안에 나를 가두었기 때문이다. 그래서 나는 페이스에 신경 쓰지 않고 있는 힘껏 달려 보기로 했다. 최대 속도로 달리고, 잠시 숨 고르기를 하면서 적당히 빠른 걸음으로 걸었다가, 다시 최대 속도로 달리기를 반복했다(심장박동이 들쭉날쭉해지는 인터벌 형식이다). 그러자 신기하게도 페이스가 4:30, 4:00까지 올라갔다. 벽을 깨부순 것이다.

짧게나마 해방감을 느낀 나는 핸드폰과 시계를 두고 뛰기 시작했다. '목표로 삼은 곳까지 다녀오기'라는 미션을 나에게 주며 시간과 페이스를 무시한 채 무작정 달려 보았다. 처음에는 불안했지만, 페이스 조절을 위해 계속 시계를 바라보는 불필요한 동작이 줄어서인지 오히려 오롯이 달리기에 집중할 수 있었다. 페이스 때문에 타들어 가던 마음에서 벗어나자 한결 달리기가 편안해졌다.

°

부상에
대처하는
자세

°

부상을 입었다. 평소 안전하게 잘 달리고 있다고 자부하는 내가 부상이라니. 당시 나는 물리치료사로 일하고 있었고, 내가 근무한 병원은 환자의 사회 복귀를 위해 보행을 돕고 물리치료를 해 주는 곳이었다. 나보다 덩치가 두 배나 큰 환자를 부축하고 보행을 돕는 건 힘이 많이 드는 일이어서 퇴근하면 어김없이 곯아떨어지기 일쑤였다. 잠이라도 푹 자지 않으면 체력이 회복되지 않아 다음 날 출근이 어렵고 일을 하면서도 꾸벅꾸벅 조는 날이 많았다.

2년 차가 되었을 무렵, 이렇게 지내다간 도저히 못 버틸 것 같아 나는 점심시간을 이용해 병원 주변을 달리기 시작했다. 그런데 달리기를 시작하고 며칠 지나지 않아 발목이 시큰거리고 무릎에도 통증이 살짝 느껴졌다. 걷는 것도 무리하거나 잘못 걸으면 다칠 수

있는데 하물며 달리기는 어떻겠는가. 오랜만에 뛰는 경우, 장거리를 뛰는 경우, 발을 잘못 디뎠을 경우 부상은 쉽게 찾아온다.

한번은 발목을 심하게 다쳐서 한동안 다리를 절면서 걸었던 적이 있다. 걷는 것조차 제대로 못하니 당연히 뛰는 것은 금지였다. 나는 잠시 달리기를 못하는 동안 부상 없이 달리기 위해 어떻게 해야 할지 관련 자료를 찾아보았다. 잘, 오래 달리고 싶다는 마음만 있었지 정작 달리기에 관해 몰랐던 부분이 너무나 많았다. 발도 모양에 따라 다른데 나의 경우에는 하이 아치였다. 발바닥이 보통 사람보다 더 오목하게 들어가 있어 옆에서 보면 발 중앙이 떠 있는 것처럼 보인다. 따라서 서 있거나 걸을 때 주로 뒤꿈치에 압력이 가해지는데, 달릴 때는 이게 더 심해질 수 있어 조심해야 한다.

그때의 경험을 발판 삼아 지금은 몸 상태에 맞게 스트레칭을 하고 근력 운동에 초점을 맞추어 하고 있다. 그리고 조금이라도 발목, 무릎에 통증이 느껴지면 재활 운동을 꼭 해 준다. 신발도 하이 아치를 잡아 주는 깔창, 내 발에 맞는 신발을 찾아 신고 있다.

앞으로 달릴 날은 많다. 분명 원하지 않게 부상을 입는 날도 있을 테지만 어떻게 대처하느냐가 더 중요하다.

0km

5km

10km

21km

42.195km

돌고 도는 트랙

나는 달릴 때 느껴지는 '자유로움'을 좋아한다. 물론 달리다 보면 더 잘 달리고 싶은 마음도 들고 가끔은 승리욕도 차오르지만, 치열하게 살아내야 하는 삶 안에서 달리기만큼은 잘하든 못하든 상관없는, 그런대로 괜찮은 취미로 남겨 두고 싶은 마음을 늘 가지고 있다. 그래서인지 나는 트랙 위 보다는 자연에서 자유로움을 느끼며 달리는 것이 더 좋았다.

사실 트랙은 공원에 가 보면 쉽게 볼 수 있지만, 나는 그곳을 지나쳐 뛴 적이 많았다. 우습게도 트랙을 볼 때면 항상 회전초밥이 떠올랐다. 하늘에서 보면 걷는 사람들 중간중간 뛰는 사람들이 들어왔다 나갔다 하는 순간이 마치 손님이 먹고 싶은 음식을 보고 가져가는 회전초밥처럼 보일 것 같아서다.

그런데 트랙을 반드시 이용해야만 하는 시기가 있

다. 달리기에는 '구간 훈련'이라 불리는 '인터벌 훈련'이 필요한 시기가 있는데, 바로 그때 트랙을 찾는다. 가령 중장거리 마라톤을 앞두고 있을 때다. 인터벌 훈련이란 할 수 있는 최고의 강도로 뛰고 불완전한 휴식을 취하고, 다시 최고의 강도로 뛰고 쉬는 과정을 반복하는 것이다. 최고 강도로 계속 달리는 것을 제외하면, 힘을 비축한 상태로 오래 뛰는 것보다 인터벌 훈련이 훨씬 더 힘들다. 게다가 선수도 아닌 일반인이 인터벌 훈련을 제대로 하기란 정말 어렵다. 한 번 하면 다시는 하고 싶은 생각이 들지 않을 정도로 체력 소모가 크다. 그런 훈련을 트랙에서 해야 효과적이라니, 그래서 '트랙' 하면 '인터벌 훈련'이 연상되어 더 피했던 것 같다. 하지만 내가 좋아하는 달리기를 계속 즐길 수 있다면 무엇인들 참지 못할까. 나는 마라톤을 앞두고는 기꺼이 트랙을 찾아 연습을 했다. 그러면서 트랙에 적응하는 시간을 가졌다.

취약한 인터벌 훈련을 보강하기 위해 도전한 것은 더 있었다. 바로 크로스핏이다. 크로스핏은 고강도 기

트랙 위 — 인터벌
내게 달리기는 자유야
회전초밥~

능성 운동으로, 주로 역도에서 하는 리프팅 동작, 인터벌 트레이닝 등 코어를 이용한 동작이 많아 기존 무산소운동 방식과는 다르게 심폐지구력과 근지구력을 발달시켜 준다. 그래서 크로스핏을 꾸준히 하면서부터는 인터벌 훈련에도 조금은 자신감이 생겼다.

두렵고 피하고 싶은 것이 있을 때는 다른 방식으로 돌아가 보는 것도 방법이다. 내겐 그것이 크로스핏이었고, 오히려 꺼리던 인터벌 훈련도 재밌게 즐길 수 있게 되었다. 물론 모든 것이 다 달리기를 잘하기 위함이지만.

°

기록보다
더 중요한 것

°

개인 최고 기록을 의미하는 PB는 러너들끼리 인사말처럼 묻고 답하는 것이다. 물론 모두가 기록을 중요하게 여기는 것은 아니며, 기록에 큰 욕심이 없는 사람도 있다. 나 역시 기록에 연연하기보다는 달리기 자체를 즐기려고 하는 편이다. 그래야 자유롭게 달리기를 할 수 있기 때문이다. 다만 나의 한계를 뛰어넘어야 할 시기나 PB가 중요한 마라톤을 앞두고는 기록에 신경을 쓴다.

그동안 해 보았던 기록 단축법 중에 나름 효과를 본 것은 주 3회 이상 달리기를 했을 때였다. 이때 달리는 방법에 변화를 주면 좋은데, 어느 때는 쉬지 않고 달리고, 어느 때는 천천히 오래 달리고, 어느 때는 빠르게 뛰다 멈추다를 반복하며 달려 보는 것이다. 또 장소에도 변형을 주어 오르막과 내리막이 있는 곳을 찾

아 달리거나 트랙과 공원 등지를 달려 보아도 좋다. 그중 오르막을 연습하고 싶다면 남산이 제격이다. 오르막과 계단이 많은 남산은 러너로서 한계를 시험해 볼 수 있는 곳이다. 오르막이 많다는 건 내리막도 많다는 말이고, 그만큼 힘든 순간이 자주 찾아온다는 말이다. 그래서 남산도 누군가와 같이 달리면 의지가 된다. 한번은 남산을 죽을힘을 다해 뛰고 있는데 함께 뛰던 지인이 힘내라면서 등을 밀어 주었다. 덕분에 나의 기량보다 더 좋은 기록이 나왔었다.

기록이 잘 나오면 기분이 좋은 건 사실이다. 그만큼 실력이 늘었고, 내 노력이 무의미하지 않다는 의미니까. 달리기를 하며 좋은 결과를 만들어 냈을 때마다 나는 작은 행복을 느꼈다. 이런 행복감은 누가 만들어 주는 게 아니다. 스스로 노력해야지만 온전히 누릴 수 있다. 그럴 때 기록도 잘 나오는 법이다.

°

새로운 것에

도전하기까지

°

좋아하는 일을 하기 위해서는 80%의 안 좋아하는 일도 해야만 한다는데, 나는 그게 늘 어려웠다. 가령 이런 것들이다. 해가 뜨는 순간을 좋아하지만 그 순간을 보기 위해 아침 일찍 일어나는 게 싫었다(그러려면 알람을 여덟 개나 맞춰 둬야 했다). 또 여행을 좋아하지만 짐을 싸고, 경비 마련을 위해 악착같이 돈을 모아야 하는 게 싫었다. 여행을 좋아하는 사람은 짐을 챙기면서도 여행하는 기분이 든다고 하는데, 나와는 거리가 먼 이야기였다.

성취하고 싶은 마음이 있으면서도 그 과정에서 느끼는 약간의 고통은 피하고만 싶었다. 결과적으로 과정 없이 행복함만 느끼려고 하다 보니 새로운 것은 시도조차 하지 않고 익숙함만을 좇고 있는 나 자신을 발견했다. 달리기를 할 때도 마찬가지였다.

달린 지 8년 차가 되니 '우울할 때 뛰어 보자' 하면서 가벼운 마음으로 뛰었던 로드 러닝은 만족할 만큼 뛰었다는 자만심이 들면서 중간에 그만두기 일쑤였다. '이 정도면 충분하지. 3km 뛴 것만으로 만족해' 하면서 말이다. 그러다 가끔 나는 왜 더 나아가지 못할까, 왜 벽을 깨지 못할까 하는 생각이 들었다. 목표를 세우고도 목표에 다가가지 못하는 게 답답했다. 그 이유를 생각하다 내가 낮은 역치에도 만족감을 느낀다는 사실을 깨달았다. 만족감이 빠르게 찾아온다고 해서 잘못된 것은 아니다. 다만 편안함만 찾는 것처럼 느껴질 때가 많았고, 나 스스로 발전이 없는 것만 같았다. 내게 필요한 것은 '틀 깨기'였다.

그때 도전한 것이 트레일 러닝이었다. 트레일 러닝도 도전하기 전까지는 벽처럼 느껴졌었다. '내리막길만 보면 무서워… 넘어질 것 같아', '산은 걷는 거지 누가 뛰어다니나?' 하는 생각이 컸다. 이런 생각이 들면 뛰다가도 멈춰 서곤 했다. 그래도 틀을 깨야 한다면 좀 더 잘 깨 보고 싶었다. 일단은 대회에 참가하자.

그리고 훈련하자.

그런데 가끔 대회 결제만 하면 이미 다 뛴 것 같은 기분이 들 때가 있다. 이상한 만족감으로 훈련을 제대로 안 하다가 대회가 다가오면 준비 없이 나가 울며 겨자 먹기로 완주하는 모습이 싫었다. 그래서 이번에야말로 느슨해진 마음에 긴장감을 줄 타이밍이라 생각하고 연습에 연습을 거듭했다.

틀 깨기는 마음먹기에 달렸다. 쉽다고 생각하면 쉽고, 어렵다고 생각하면 한없이 어렵다. 하지만 좋아하는 마음이 있다면, 그 마음이 쌓여 용기를 낼 수 있다면 누구나 틀을 깨고 나올 수 있다. 달리기는 그런 면에서 나를 용기 있는 사람으로 만든다.

트레일 러닝 도전기 1

찬바람이 불던 늦가을, 용마산을 오르기로 마음먹고 집을 나섰다. 주말이라 그런지 사람이 꽤 많았는데, 초입을 지났을 때 누군가 "지나갑니다" 말했고 나는 황급히 길을 비켜 줬다. 산에 오르기 전 온도차에 대비해 평소보다 옷을 좀 더 껴입은 나와 달리, 그 러너는 민소매와 반바지, 그리고 '저 안에 뭐가 들어갈까?' 의문이 드는 작은 가방을 메고 있었다. 계절과 맞지 않는 옷차림이 의아했지만, 걸어서 오르기도 힘든 산길을 뛰어가는 모습이 대단해 보였다. 그의 모습이 각인되었는지 하산 후에도 계속 떠올랐다. 밥을 먹기 위해 식당에 들어가자마자 나는 '산 달리기'를 검색했다. 그러자 연관 검색어로 '트레일 러닝'이 함께 검색되었다.

트레일 러닝은 잘 포장된 평평한 길이 아닌 산이나

숲길 등 자연 속을 달리는 운동이다. 그런데 산길을 달리는 건 생각만 해도 두려웠다. 해 보지 않아서이기도 했지만, 안전하게 달리는 게 최우선인 내게 산길은 위험 요소가 많은 장소였다. 이것 말고도 트레일 러닝이 꺼려지는 이유는 더 있었다.

• 추운 날씨에 반팔과 반바지를 입고 뛰는 것은 상상만 해도 '헉' 소리가 날 만큼 하고 싶지 않은 일이다. 그런데 트레일 러닝을 하려면 가벼운 옷차림이 중요하다. 아무래도 몸이 무거우면 험한 지형을 달리기가 더 힘들기 때문이다. 게다가 왠지 달리다 멈추면 추워지니까 체온을 높이기 위해서라도 계속 달려야만 해 강제적인 면이 있다. 이런 게 자유로움을 느끼고 싶어 달리는 나와는 맞지 않았다.

• 러닝화만 있으면 어디든 코스가 되는 로드 러닝과 다르게 트레일 러닝은 산을 찾아서 가야 한다. 내 기준에서 보면 산은 대부분 조금 먼 곳에 위치해 있었고, 결국에는 접근성이 좋지 않다는 이유로 우선순위

에서 뒤로 밀리는 경우가 많았다.

• 산은 천천히 오르면서 자연 경관을 보고 느끼는 곳이지, 정상을 향해 빠르게 오르는 곳이 아니다.

• 산속에서 길을 잃어 본 적이 많아서 또 길을 잃을까 봐 두려운 마음이 든다.

• 위 네 가지를 굳이 생각하지 않아도 그냥 힘들어 보였다.

핑계처럼 들릴 수도 있지만, 익숙하지 않은 것을 할 바에는 '그냥 내가 잘하는 거 해야지'라고 늘 생각해 왔다. 하지만 이번에는 나만의 방식으로 도전해 보고 싶었다. 나는 먼저 대회가 있는지 알아보았다. 한 번도 안 해 본 사람이 오히려 겁이 없는 법. 대회에 참가하기 전 나는 연습 삼아 '한양도성길'에 도전했다. '한양도성길'은 서울의 동대문, 북대문, 서대문, 남대문을 잇는 코스다. 약 21km로 낙산, 북악산, 남산, 인왕산, 총 4개의 크고 작은 산을 넘어야 한다.

짬짬이 연습했는데도 트레일 러닝은 쉽지 않았다.

그 어떠한 달리기도 나를 네발로 기어가게 만들지 않았는데…. 가파르고 울퉁불퉁한 산길 앞에서 나는 무너졌다. 몇 걸음 내딛지 않아도 가빠지는 숨소리, 목구멍까지 숨이 차오르는 아릿한 느낌은 두 다리를 주저앉히기에 충분했다. 눈앞에 펼쳐진 끝없는 오르막길이라는 벽은 나를 자주자주 실망시켰다. 평소에 "인왕산은 쉽지~"라며 우습게 보았는데, 인왕산에 도착했을 때 힘들어서 한 번 더 주저앉았다. 다리가 땡땡해지면서 도저히 움직일 수 없었고, 쉬면서 생각했다.

'공복 유산소라며 밥도 제대로 안 먹고 왔는데, 대회 때 이랬으면 어떻게 됐을까? 연습하길 진짜 잘했다!'

다시 힘을 내 달렸을 때는 중간중간 모르는 등산객들로부터 대단하다며 응원도 받았다. 4개의 산을 따라 이어서 간 적은 처음이었지만, 아마 가 보지 않았다면 이런 어려움도 알지 못했을 것이다.

트레일 러닝의 가장 큰 매력은 자연 속을 달리며 시시각각 달라지는 풍경을 감상할 수 있고, 업힐과 다운힐이 반복되다 보니 지루할 틈이 없다는 것이다. 게다

가 자신의 한계를 뛰어넘고 싶어 하는 러너의 본능을 시험하기도 좋다. 러너들이 트레일 러닝을 좋아하는 데는 이유가 있는 법이다(최근에는 트레일 러닝을 하는 분들이 더 느는 추세다).

°

트레일 러닝 도전기 2

°

내가 선택한 트레일 러닝 대회는 강원도 정선 운탄 고도에서 열리는 12km 대회였다. 트레일 러닝은 로드 러닝, 마라톤과는 다르다. 로드 러닝에서는 제한 시간이 있어 미리 코스를 파악해 페이스를 조절하며 뛸 수 있다. 천천히 페이스를 올리며 시간과 속도를 잘 배분하면 '이렇게 이렇게 되겠다' 하는 게 어느 정도 머릿속에 그려진다. 마라톤을 뛰다 보면 나의 체력에 대해서도 알게 되는데, 그걸 잘 활용하면 로드 러닝을 할 때도 유익하다.

그런데 나에게 트레일 러닝은 마라톤과도 다른 느낌이었고, 예상과도 달랐다. 트레일 러닝은 마라톤에 비해 시간이 여유롭지만, 산이라는 공간에서 이루어지다 보니 길을 잃는 경우가 더러 있었고(이를 '알바'라고 한다), 복합 지형에다가 들쭉날쭉 올라갔다 내려

TRAIL RUNNING
웅덩이 조심!

가는 고도 차이가 어마어마했다. 로드 러닝처럼 넓은 길이 아니라 산속의 좁은 길이 나오면 뛰고 싶어도 걸어야 해 오히려 시간을 잡아먹는 상황이 많았다. 다행히 미리 '한양도성길'을 뛰며 연습한 덕분에 대회를 무사히 마쳤다. 비록 만족스러운 기록은 아니었지만 첫 도전에 의미를 두며 다음을 기약했다.

그다음으로 좀 더 거리를 늘려서 '코리아 50K'라는 대회(25km)에 도전했다. 12km도 힘들었지만 "트레일 러닝은 20km부터가 진짜다"라는 다른 러너의 이야기에 혹해 호기롭게 참가 신청을 했다. 결과부터 말하면, 정말로 힘들었다. 전날 밤에 내린 비로 길은 온통 진흙투성이가 되어 버렸고, 오르막길에서는 뛰어가다 미끄러지고, 급경사로 이루어진 내리막길에서는 넘어지지 않으려고 안간힘을 쓰며 가다 멈추다를 반복했다(당시 피멍이 들었던 발톱은 결국 빠져 버렸고 지금은 다시 자라나고 있다).

우여곡절 끝에 완주에는 성공했다. 비가 많이 와 대회 당일에 총 거리가 25km에서 21km로 줄어든 까닭이다. 완주 지점에 도착했을 때 대회에 참가한 사람들을 찍어 주려고 사진사들이 대기하고 있었다. 보통은 남는 건 사진뿐이라는 생각에 카메라를 보면 브이를 하거나 웃곤 했는데, 이날은 울먹이면서 들어가는 모습이 찍혀 버렸다. '끝났다'보다는 '탈출했다'는 안도감이 들었고, 완주했다는 사실에 눈물이 핑 돌았다.

대회가 끝난 후 생각지 못한 아픔과 힘듦에 한동안 달리기를 하지 못했다. 계단을 오르내릴 때마다 통증이 느껴져서 '내가 다시는 하나 봐라' 하는 마음이 들 정도였다. 그런데 그 후로도 나는 계속해 트레일 러닝에 도전하고 있다(대회가 끝나고 며칠이 지나면 완주의 행복함으로 그 순간이 미화되면서 다시금 대회에 나갈 힘이 생긴다). 실제로 얼마전 50km를 완주했고 100km에도 도전하기 위해 준비 중이다. 차근차근 밟아 가다 보면 못 해낼 것도 없지 않을까.

°

달리기로
전하는 마음

°

솔직히 기부에 대한 불신이 있었다. 기부를 떠올리면 '나도 살기 힘든데 기부는 무슨 기부?'라는 생각과 '내 돈이 투명하게 사용될까?' 하는 의심이 먼저 들었다. 어떻게 보면 기부를 제대로 해 본 적이 없고, 기부에 관한 안 좋은 뉴스나 기사를 접하며 들었던 적대감이 이어져 온 것 같다. 그런 이유로 기부 달리기에는 그다지 관심이 없었다. 그런데 우연히 '뛰기만 하면 ○○에서 기부금을 드립니다'라는 홍보 문구를 보게 되었다. 내가 좋아하는 걸 하면 누군가에게 도움이 된다고? 바로 납득되진 않았지만 솔깃한 제안이긴 했다.

기부 달리기는 똑같은 참가비를 내고 대회에 참석하면 나의 참가를 지지하는 후원사가 참가자 대신 기관이나 개인에게 기부를 해 주는 원리다. 나는 마라톤을 나가고 싶은 사람이고, 기왕 나가는 거 착한 소비

를 할 수 있으니 안 할 이유가 없는 것이다. 일반 마라톤 대회와 차이는 없다. 다만 달리는 동안 내가 내딛는 걸음 걸음에 누군가가 행복해질 수 있다고 생각하면 완주하고 싶은 마음이 배가 된다. 그러면 동기부여가 되면서 한 번 더 힘을 낼 수 있다.

특히 가장 기억에 남는 기부 달리기는 8월 15일에 열린 광복절 마라톤에서 션 님의 '페이스 메이커'로 지원했을 때다(나는 2021년부터 3·1런과 8·15런에 참여하고 있다). 독립유공자의 후손을 위해 매년 광복절에 81.5km를 달리는 션 님. 열 그룹의 페메들이 션 님과 함께 그룹당 한 바퀴(8.15km)씩 총 열 바퀴를 뛰는 프로젝트다. 페메는 마라토너 옆에서 속도를 조절하며 빠르거나 늦춰지지 않도록 하고, 보급품을 챙기고, 지나가는 시민에게 양해를 구하는 등 마라토너가 무사히 목표 거리를 완주할 수 있도록 돕는 역할을 한다. 이날 모인 캠페인 수익금은 광복이 되기까지 헌신했던 수많은 독립유공자의 후손을 위해 쓰였다. 81.5km라는 거리만큼이나 기부의 의미는 묵직했고, 그동안 부정적으로 바라보았던 기부에 대한 인식이 바뀐 순간이었다.

이날을 경험 삼아 나는 많은 사람에게 기부 문화를 알리고 싶어 직접 기부 마라톤을 열어 보기로 했다. 개인 유튜브 채널을 통해 100만 원이라는 첫 수익이 발생해 의미 있게 사용하고도 싶었다. 나는 먼저 기부 마라톤을 함께할 사람들을 구했다. 그리고 좋아하는 달리기를 오래 하기 위해서는 환경이 중요하다고 생각해 기부처는 환경 단체 '그린피스'로, 마라톤 이름도 '에(에코해영) 그(그린 라이프) 레이스'로 정했다.

그런데 개인이 기부 마라톤을 여는 것은 생각보다 어려웠다. 기획부터 실제 마라톤이 끝난 이후까지 챙겨야 할 게 한두 가지가 아니었다. 처음에는 마라톤 참가자 전원의 '참가비 지원'을 계획했지만, 그것만으로는 참여하지 않을 가능성이 높았다. 참여율을 높이려면 참가비 지원 외에도 기념품과 메달 제작, 오프라인 프로젝트[에그 레이스는 비추얼 레이스(참가자가 각자 원하는 시간, 장소에서 달린 후 SNS에 인증하는

형식)로 이루어져 한 번은 실제로 모여 달리고자 했다], 추첨을 통한 이벤트 등을 준비해야 했다. 100만 원으로 이 모든 것을 준비하기에는 턱없이 모자랐다. 협찬사가 필요했다. 협찬사를 섭외하기 위해 마케팅 요소와 홍보 루트를 찾아 제안서를 만들어 돌리고, 메달도 의미 있게 만들고 싶어 나무에 달리기를 의미하는 운동화와 에코를 의미하는 풀 모양을 각인했다.

참가자 총 65명. 기부금 1,625,000원. 기부 마라톤이 끝난 후 65명에게 기념품을 택배로 보내는 일까지 쉽지 않았지만, 그래도 나는 기회가 된다면 기부 마라톤을 또 열 것이다. 유튜브 수익금은 대회 준비를 위한 재료, 키트, 배송비로 사용되었고 참가자들의 참가비는 그린피스에 전액 기부되었다.

준비부터 마무리까지의 과정이 고단했지만, 내가 좋아하는 달리기로 많은 것을 나눌 수 있다는 게 좋았다. 우리의 선행이 다른 이에게 도움이 되었다는 것, 그리고 함께한 러너들의 따듯한 마음을 앞으로도 잊지 않을 것이다.

°

여행지에서 달리기

°

여행 계획을 세울 때 빼놓지 않는 게 바로 '여행지에서 달릴 곳 찾기'다. 만약 미리 찾아 놓지 못했어도 그곳에 도착하면 지도 어플을 켜고 맛집이나 명소를 찾는 것처럼 달리기 좋은 곳을 꼭 찾아본다. 그리고 지형, 루트 등을 미리 확인한다.

한번은 친구들과 함께 유럽 일대를 한 달 동안 여행한 적이 있다. 여행을 가면 마그넷을 모으듯이 러닝 지도를 남겨야 한다는 집착이 있었다. 친구들이 자는 사이 나는 먼저 일어나 숙소 근처를 한 바퀴 돌았다. 달리기를 하기 전에는 외국에 가면 남들이 다 가는 랜드마크만 찾아다니기 바빴는데, 달리기를 하며 여행지 이곳저곳을 살펴보는 것이 좋았다. 그러다 마음에 드는 장소가 보이면 '친구들이랑 다시 와 봐야지' 하며 점찍어 두기도 했다.

페루로 혼자 여행 갔을 때는 이런 일도 있었다. 갑자기 달리고 싶은 마음이 들어 무작정 밖으로 나갔는데, 노을이 막 지려고 하는 시간이었다. 혼자 여행할 때 꼭 지키려고 하는 것 중 하나는 '어두해지면 나가지 않는다'였다. 하지만 달리기 앞에서는 나와의 약속도 무너질 때가 많다. 아쉬운 대로 아침에 다녀온 길을 따라서 빠르게 뛰었다. 설사 무슨 일이 생기더라도 '나, 러너야! 아무도 못 쫓아오겠지?'라는 자신감도 있었다. 머리가 복잡해 떠나온 곳이었는데 막상 여행 일정을 짜느라 오히려 생각이 많아져 있었다. 달리는 동안에는 그런저런 근심은 희미해지고 달리기에만 집중할 수 있다.

물론 가끔은 위험한 적도 있었다. 샌프란시스코에 갔을 때 러닝 지도를 꼭 남기고 싶어, 아침부터 일정이 있었지만 어둠이 걷히지 않은 새벽쯤 달리기를 하러 나갔다. 주변 모든 것이 낯설고, 무섭다는 생각이 들자 두려움은 점점 더 커졌고, 빠른 속도로 달려 숙소로 되돌아왔었다. 이럴 땐 러닝 지도가 뭐가 중요하

겠는가. 그냥 호텔 헬스장에서 러닝머신을 뛰는 게 낫지 않았을까. 그래도 그날 질주한 결과는 있었다. 샌프란시스코의 아름다운 새벽 풍경을 눈에 담을 수 있었으니까.

국내 여행지에서도 달리기 좋은 곳은 많다. 태양이 내리쬐는 부산의 바다 앞, 이제는 명소가 되어 늘 사람들로 분비지만 아침에는 비교적 한가해 달리기 좋았던 경주 황리단길, 발 닿는 대로 5km를 뛰어 본 보령 흙길 등 여러 장소가 떠오르지만, 그중 가장 좋았던 곳은 제주도다.

제주도의 동서남북 중 한 곳을 정해 일주일씩 한 달 살기를 한 적이 있다. 그때는 주로 집 근처를 뛰었다. 집 앞 공원 길이 건물에 둘러싸여 있지 않아 달릴 때마다 느껴지는 자유로움이 좋았다. 또 관광객이 많지 않은 한적한 동네에 있는 숙소에 머물 때는 바다를 보며 아무도 없는 거리를 달렸었다. 숨이 가쁘지 않을 정도의 적당한 속도로 달리며 푸른 바다를 맘껏 본 게 기억에 남는다.

제주도 여행에서 돌아온 후 사람들에게 제주도의 어디가 가장 좋았는지 질문을 받았다. 나는 망설이지 않고 내가 뛰어 본 장소 위주로 말했지만, 모두가 다 공감하진 못했다. 여행이든 달리기든 역시 직접 가 보고 경험해 보는 게 최고다. 요즘도 가끔 그때가 그리울 때면 당시 달렸던 '여행 달리기 지도'를 열어 본다. 어떤 여행은 비록 과거일지라도 회상할 때 더 좋기도 하니까.

◦

달리고 싶은데

달릴 수가

없어요

◦

마라톤 대회가 다가오면 나태했던 마음이 긴박해지고 몸에도 긴장감이 도는데, 그 긴장감이 나를 뛰게 만든다. 그래서 나는 주기적으로 대회에 출전하면서 긴장을 늦추지 않으려고 한다. 그런데 가끔은 예상하지 못한 경우가 발생한다. 부상을 입는 것이다. 운동하는데 몸이 항상 최적화되어 있진 않지만 그동안 그런대로 큰 부상 없이 달리기를 해 왔었다. 그런데 부상을 당하고 나서야 내 몸 상태를 객관적으로 들여다보게 되었다. 골반이 틀어져 있었고, 아킬레스건이 탱탱하게 발목을 잡고 있어 발을 올리는 힘이 부족해져 있었다. 곧 대회가 다가온다는 급한 마음에 몸을 혹사시킨 게 화근이었다. 부상 방지를 위해 조심했어야 했는데 연습량에만 몰두해 미처 몸을 챙기지 못한 것이다.

각자의 몸이 다르듯 부상도 모두 다르게 온다. 부상

은 결국 현재까지의 나의 보행, 행동에 의해 나타난다. 그래서 부상을 입기 전에 교정하고 관리하는 것이 중요하다. 달리기는 지면에서 발을 떼고 양발이 공중으로 뜨는 동작을 여러 번 반복해야 해서 무릎, 발목 등의 부상에 노출되기 쉽다('러너스 니Runner's knee'라 불릴 정도로 러너들에게는 다양한 무릎 통증이 나타난다). 특히 달리기를 할 때 장경 인대의 손상이 많이 발생하는데, 무릎을 굽힐 때마다 바깥쪽에 통증이 있는 것이다. 그러면 달리기를 잠시 쉬고, 걷거나 달릴 때의 자세를 보며 왜 부상을 입었는지 파악해 재활에 힘쓰는 게 좋다.

처음으로 부상을 경험한 건 첫 마라톤을 대비하기 위해 풀코스 중 30km를 목표로 뛰기로 했을 때였다. 뜻이 맞는 사람들과 다 같이 달리는 것이어서 끝까지 완주해야 한다는 압박감이 있었다. 그런데 2분의 1지점, 약 15km쯤 왔을 때 발에 통증이 느껴졌다. 처음에는 무시하고 계속 달렸다. 25km 지점에 도착할 때까지도 다행히 통증은 미미했고, 목표한 거리를 완주했

부상
발목, 무릎의 시큰거림이나 허리 통증 → 재활 필수!
할머니가 되어서도 달리고 싶어!

을 때는 아프다는 것도 잊어버렸다.

하지만 문제는 그다음이었다. 그날 이후 나는 10일간 거의 아무것도 하지 못했다. 단순히 '근육통이겠지' 생각하고 내버려 둔 게 화근이 된 것이다. 심해진 통증 때문에 달리기뿐 아니라 앉고 일어서고 걷는 것조차 쉽지 않았다. 모든 활동을 멈출 수밖에 없었다. 걸음마를 배우는 아기처럼 다시 시작해야 했다.

달려 나가려는 순간에 어떤 장애로 인해 멈추게 된다면 처음에는 억울한 마음만 든다. 부상도 그렇다. 하지만 누구를 탓할 수 있으랴. 결국 내가 내 몸을 기민하게 살피지 못한 게 원인인 것을. 누구든 원하지 않게 부상을 맞닥뜨리면 무너질 수 있다. 나는 마라톤 완주뿐 아니라 할머니가 되어서도 달리는 것이 목표다. 그래서 이 일을 계기로 좀 더 내 몸을, 나를 돌봐야겠다고 다시 한번 다짐했다. 그래야만 즐거운 달리기 생활을 오래오래 할 수 있을 테니까. 그리고 더 먼 미래를 생각한다면 부상을 겪더라도 그 시간을 뛰지 못해 조급해하기보다는 잘 참아야 한다고 생각했다.

나는 그날 이후 달리기에 도움이 되는 발목 재활과 강화 훈련을 하며 10일을 보냈다. 곧 나을 것이라는 긍정적 믿음과 또 다른 근육 사용법을 익히며 참아 냈다. 그러자 10일째부터 조금씩 발목에 힘이 생기기 시작했고 걷기가 가능해졌다. 드디어 11일째 되던 날, 점점 걷는 게 나아지자 좀 더 움직여 보고 싶은 마음에 자전거를 타 보았다. 페달을 돌리는 다리에 힘을 주어도 더 이상 통증이 없었다. 몸의 정렬과 발목 상태에 집중하며 '내일은 달려 봐야지!' 하고 생각했다. 다시 시작인 것이다.

0km

5km

10km

21km

42.195km

도전의 가치

모든 마라톤이 똑같지는 않지만, 대부분 마라톤은 5km, 10km, 21km(하프코스), 42.195km(풀코스)로 나뉜다. 달리기를 시작한 후 나는 할 수 있는 만큼 혹은 어떤 하나에 꽂히면 그에 따라 거리를 결정해 대회에 도전하곤 했다. '이 마라톤은 21km를 뛰어야지 예쁜 풍경을 볼 수 있어!' 하는 마음이 들면 하프코스에 도전하는 식이었다. 그래서인지 풀코스를 반드시 뛰어야 한다는 마음이 없었고 조급하지도 않았다.

그러다 어떤 러너가 처음 풀코스를 뛰고 난 후 쓴 글을 보았다. 글을 읽는 내내 내가 뛴 것도 아닌데 결승점을 통과하는 그의 마음이 느껴져 울컥하고, 그 순간을 응원해 주는 친구들이 곁에 있다는 게 행운 같아 보였다. 그가 느낀 게 무엇인지 어렴풋이나마 알 수 있었다.

사실 내게 풀코스는 두려움 같은 것이었다. 한 번도 해 보지 않은 것을 해야 할 때면 중학교 시절 발표 수업 시간이 떠올랐다. 그때는 교실 앞으로 나가 나만 지켜보고 있는 친구들과 선생님 앞에서 말하는 게 겁이 났었다. 그 공포심은 한동안 어른이 되어서도 남아 있었다. 그런 두려움을 극복하는 데 풀코스 도전이 도움이 되었다. 풀코스는 오랜 시간 연습과 연습을 거듭해야 하기에 분명 누구에게나 어려운 도전일 것이다. 다만 도전을 통해 한계를 마주하고 그 순간을 뛰어넘는다면 성장할 수 있지 않을까.

《달리기를 말할 때 내가 하고 싶은 이야기》를 쓴 무라카미 하루키는 '중요한 것은 어느 만큼의 충족감을 가지고 42km를 완주할 수 있는가, 얼마만큼 자기 자신을 즐길 수 있는가'라고 말했다. 나는 이 말에 공감했다. 체력이 어느 정도 있다면 42.195km를 뛰는 것은 정신력 싸움이라고 생각한다. 그렇다면 과연 내가 나와의 정신력 싸움에서 이길 수 있을까? 당시 나의 답은 '아니오'였다. 그래서 반드시 넘어야 하는 단계

처럼 남에게 등 떠밀려 풀코스에 나가고 싶진 않았다. 무라카미 하루키가 말했듯 스스로 즐길 수 있을 때 꼭 해 보리라 다짐했다. 그래야만 그 도전이 진정한 내 것이 될 수 있다고 믿었다.

지금의 나를 보면 마라톤을 즐기는 사람처럼 보일 수도 있다. 하지만 아니다. 마라톤은 늘 어렵다. 다만 나는 달리기를 좋아하고, 그동안 꾸준히 해 온 달리기를 증명할 수 있는 게 마라톤이기에 계속해 도전하고, 내 한계를 뛰어넘기 위해 노력하는 것이다.

최근 함께 달리기를 해 온 지인에게 마라톤을 함께 뛰자고 부탁했다. 그는 흔쾌히 좋다고 했고, 나는 용기를 얻어 풀코스를 신청했다. 그렇게 달린 지 5년 만에 나는 처음으로 풀코스에 도전할 수 있었다. 두려움을 이기고, 즐겁게 시작했으니 다행이라는 생각이 든다.

。

풀코스의 힘듦을
이겨내는
방법

。

풀코스를 완주했다. 물론 쉽지 않았다. 분명 인터벌 훈련, 장거리 연습 등을 하며 준비했지만, 42.195km는 정말이지 길고 긴 거리였다. 풀코스를 뛰어 본 것이 처음이었기 때문에 예측하지 못한 것이 많았다. 그동안 달리면서 한 번도 아프지 않았던 허리와 어깨가 아팠고, 뛰면 뛸수록 고갈되는 체력, 나약해지는 의지에 계속해 맞서야 했다. 체력이 가장 문제였다. '내가 이 정도였나?' 싶을 정도로 주저앉고 싶은 순간이 자주 찾아왔다. 대회 중간중간 보급처에서 주는 바나나와 초코파이를 억지로 챙겨 먹으며 순간적으로 체력을 보충했어도, km가 증가할수록 얼굴은 일그러지고 이제 그만 멈추고 싶다는 마음이 들었다. 그때마다 계속해 뛸 수 있었던 건 같이 달리며 페이스 조절을 도와주고 발 맞춰 함께 뛰어 준 지인들 덕분이다.

35km쯤 가장 힘든 구간에 다다랐을 때 응원 존이 보였다. 그제야 '대회뽕(대회를 나가면 더 잘 뛰게 된다)'과 '응원 버프(응원을 받으면 더 잘 뛰게 된다)'를 실감했다. "해영, 파이팅!"이라는 응원 소리가 들리자 실제로 속도가 조금 더 빨라진 것이다. 그 순간 웃고 있는 내 모습이 신기할 정도였다. 이렇게 응원해 주는 이가 있다면 힘든 시간도 버틸 수 있다. 마라톤을 혼자 뛰다 보면 좋았던 풍경도 시시해지고 달리기도 지루해질 때가 있는데, 그러다가도 앞서가는 사람들의 뒷모습을 보면 신기하게도 다시 뛰어갈 힘이 생긴다.

'저 앞에 있는 노란색 옷을 입은 분은 놓치지 말자!'

'힘들어도 모두 버티고 있잖아. 멈추지 말고 가 보자!'

마음속으로 이렇게 생각하며 뛰다 보면 어느새 혼자가 아닌 여럿이 뛰고 있다는 사실에 안심이 된다. 그리고 서로 처음 만나 대화도 안 나눠 봤지만 달리기 속도가 맞는다면 암묵적으로 서로의 페이스 메이커가 되기도 한다. 그러다 보면 홀로, 다시 둘이, 셋이, 또

홀로 뛰기를 반복하며 페이스를 찾을 수 있다.

그날 도전한 인생 첫 풀코스 'JTBC 서울마라톤'은 5시간 이내 완주를 목표로 출발했는데, 4시간 42분이라는 기록으로 아슬아슬하게 도착했다. 가혹할 정도로 힘든 순간에 어떻게 몸과 마음을 가다듬어야 하는지, 매 순간 나의 한계를 경험하게 만든 풀코스. 그 한계점을 제대로 알려면 결국 경험치를 늘려 가는 수밖에 없다.

°

나와의 싸움

°

혼자서 풀코스를 뛰어 보기로 했다. 내가 참가한 대회는 '서울마라톤'이었다. 우리나라의 3대 메이저 마라톤을 꼭 뛰어 보고 싶었는데, 이번에 완주하면 마스터를 하는 셈이다.

풀코스 기준 국내에서 열리는 마라톤 대회 중 가장 인지도가 높은 것은 3대 메이저 마라톤, 바로 서울마라톤, 춘천마라톤, JTBC 서울마라톤이다(마라톤 대회명은 후원사에 따라 결정되기 때문에 이름이 계속 바뀌니 대회 참가 시 유의해야 한다). 특징은 다음과 같다.

• 서울마라톤(동아마라톤)

3월에 열리는 서울마라톤은 청계광장에서 출발해 남대문을 끼고 뛰는 코스로, 풀코스와 10km로 나뉜다. 1982년 국제 대회로 바뀌면서 국내뿐만 아니라 외국에도 잘 알려진 대회로, 얼리버드 접수와 본접수 기간이 다르므로 접수 시기를 잘 확인해야 한다. 그리고 초봄에 대회가 열리기 때문에 서울마라톤을 준비하려면 반드시 겨울에 훈련을 해야 한다.

• 춘천마라톤

가을의 전설이라 불리는 춘천마라톤은 10월 가을날 강원도 춘천에서 열리는 대회다. 서울 도심을 달리는 서울마라톤과 달리 춘천의 자연 경관을 배경으로 뛰는데, 컷오프 시간이 6시간 이내여서 처음 마라톤을 도전하는 러너들이 많이 출전한다. 다만 오르막 구간이 종종 있어 체력 분배에 유의해야 하며, 풀코스를 열 번 완주하면 명예의 전당에 등록할 수 있다.

• JTBC 서울마라톤(중앙마라톤)

국제육상경기연맹의 공인을 받은 대회로, 11월에 열리며 서울의 잠실 쪽을 달리는 코스다. 대횟날이 춘천

0km
Start!
21km
반남았다!
CHEER UP!
Gooooal!
42.195km

마라톤과 차이가 얼마 나지 않아 보통 두 대회 중 하나만을 골라 참가하는데, 간혹 두 대회를 모두 뛰는 러너도 있다. 코스의 고도가 높지 않은 평지라서 기록이 잘 나오는 대회이기도 하다.

3대 메이저 마라톤은 러너들 사이에서 늘 인기가 많고, 참여자 수도 정해져 있어 오픈런처럼 신청 시간에 접수하지 않으면 티켓이 품절될 가능성이 높다. 그래서 꼭 참가하고 싶다면 신청 시간에 맞춰 대기는 필수다. 이외에도 국내 브랜드에서 후원하는 마라톤, 풀코스를 뛰기 전에 LSD를 연습하기 좋은 마라톤 등 여러 대회가 있다.

나는 서울마라톤 참가 전부터 혼자 뛰어야 한다는 사실에 불안함이 있었고, 나에게는 세 번째 마라톤이었기에 처음보다는 잘 뛰고 싶었다. 운동화, 옷, 양말 등 대회 전까지 마라톤에 필요한 것들을 계속해 고민했다. 특히 테이프와 뉴트리션에 가장 많이 신경을 썼다(그간의 경험으로 이제는 풀코스를 뛸 때 10km마

다 뉴트리션을 섭취하며 미리 체력을 보충한다). 옆에 누군가 없다는 것은 나의 페이스를 조절해 줄 사람이 없다는 말이다. 그만큼 스스로 체력을 챙기며 뛰어야 한다.

대회 당일 출발지에 서서히 사람들이 모이더니 도로 전체를 가득 메웠다. 마라톤이 시작되면 도로가 통제되면서 도로를 달리는 건 사람뿐인 진귀한 풍경이 펼쳐진다. 도로를 자유롭게 달리는 경험은 이때가 아니면 절대 할 수 없다. 평소 꾸준히 연습해 왔던 터라 21km까지는 별 문제 없이 뛸 수 있었다. 하지만 그 이후부터는 아니었다. 점점 다리에 쥐가 올라오고, 무릎과 발목이 아리기 시작했다. '이대로 완주할 수 있을까' 하는 걱정이 달리는 내내 들었다.

처음에는 5:30 페이스를 유지하다가 25km부터 느려졌고, 30km쯤에는 6:30까지 내려와 버렸다. 그다음부터는 정신력 싸움이었다. 힘든 순간 포기하면 당장은 편해질 수 있지만, 그러면 다음에도 어김없이 포기할 구실이 생긴다. 그래서 나는 더 포기하고 싶지 않았다. 이날, 이 시간, 이 순간을 위해 얼마나 많이 연습하고 달렸는가. 후회 없이 달리자. 그렇게 나는 끝까지 달려 완주에 성공했고, 첫 마라톤보다는 좋은 기록(4시간 3분 42초)으로 마무리할 수 있었다.

마라톤은 과거의 나와 경쟁한다는 말이 맞았다. 홀로 마라톤을 준비하며 나는 처음 달리기를 시작했던 때의 기분을 느꼈고, 꽤 많은 순간 과거의 나를 소환했다. 뛰어 본 사람은 안다. 비록 과정이 고통스럽더라도 그 과정을 온전히 받아들여 완주했을 때의 희열을 말이다.

°

러너의

세계

°

대회 출전을 앞둔 러너들은 그 어떤 것도 신경 쓰지 않고 달리기만 생각하는 마법에 걸린다. 대회가 어디에서 열리든 뛰기 위해 그곳으로 몰려든다. 가령 새벽 3시에 집에서 출발해 7시 대회에 출전하고, 끝난 후 점심을 먹고 18시에 집에 도착하는 여정이라도 오직 대회만을 위해 움직인다. 이때도 소요 시간, 경비 등에는 크게 개의치 않는다. 러너들에게는 '달리기'를 생각하면 마구마구 샘솟는 힘이라도 있는 걸까.

지난 5월에 열린 '제주 국제 트레일 러닝 대회'에 나갔을 때도 그랬다. 이 대회는 10km, 36km, 100km로 나뉘어 있어 초보 러너부터 울트라 러너까지 모두가 한자리에 모인다. 그런데 60년 만의 강풍과 폭우로 제주도행 비행기 운항이 중단되었다. 당시는 어린이날이 낀 연휴 기간이라 제주도를 찾은 여행객들과 주

민들 모두가 발이 묶인 상황이었는데, 이날은 대회의 '100km 스테이지 1' 전날이기도 했다. 보통 대회 시작 전날은 참가자들이 모여 참가 접수를 하고 브리핑을 들어야만 하는데(이때 참석하지 못하면 기권 처리된다), 갑작스러운 비행기 결항으로 많은 러너가 오지 못했다.

다행히 나는 미리 제주도에 도착해 있어 100km를 뛰는 울트라 러너들의 준비 과정을 실시간으로 볼 수 있었다. 제주에서 열리는 100km 마라톤 대회는 두 종류가 있는데, 하나는 100km를 3일에 나눠서 뛰는 방식이고(스테이지 1, 2, 3으로 약 35km씩 뛴다), 다른 하나는 28시간 내 100km를 한 번에 뛰는 방식이다. 어느 것을 선택해 뛰더라도 인간의 한계에 도전하는 셈이다. 사람도 날아갈 듯한 돌풍이 부는 날씨였지만 어느 누구도 포기하는 사람이 없었다. 오히려 그 상황을 즐기는 듯한 표정에서 '진정한 러너들이구나' 하는 존경심이 일었다(후문으로 알았지만, 대회에 참가하려고 비행기 대신 배를 타고 온 분들도 있다고 하니 정말 대단하다).

나는 이때 36km에 도전했는데, 100km 주자들에게는 세 번째 날이었다. 역시나 비가 쏟아지면서 당일에 36km가 20km로 축소 운영되었고, 주자 대부분이 눈에 들어가는 비를 막고 체온을 유지하기 위해 더 많은 장비를 가지고 나왔다. 우리 모두는 비를 맞으며 진흙밭을 달렸고, 진흙투성이가 된 사람, 미끄러지는 사람 등이 속출했다. 그런 상황 속에서도 눈이 마주치면 모두가 웃어 보였다.

이전에는 인간이 가장 멀리 달릴 수 있는 거리는 42.195km라 생각했다. 100km를 달리는 사람이 있을 거라고는 상상조차 하지 못했다. 러너들은 죽을힘을 다해 뛰고, 힘들어 하면서도 언제 그랬냐는 듯 또다시 도전한다. 힘들던 기억도 시간이 지나면 희석되고 나중에는 단단한 마음만이 남나 보다. 어쩌면 뛰며, 회복하며, 그 과정에서 힘을 얻는지도 모르겠다. 이 세계에 발을 들여놓은 이상 울트라 마라톤에 도전하는 날까지 가 보리라.

。

음악은

필요 없어요

。

풀코스를 뛰기 전 고민되는 게 있었다. 42.195km를 뛰는 동안 지루하진 않을까 하는 것이었다. 그러다 노래를 들으면 괜찮을 것 같다는 결론에 도달했다. 그런데 노래를 들으며 달리려면 블루투스 기능이 있는 이어폰과 시계를 구매해야 했다(핸드폰은 들고 뛰기 무거워 그 대신 시계를 선택했다). 분명 달리기는 운동화 하나만 있으면 충분히 할 수 있는 운동인데, 풀코스가 무엇이길래 이런 고민까지 하게 만들었을까. 이어폰이며 시계며 갑작스러운 지출을 하려니 머릿속이 복잡해졌다. 고민만 하다가 아무 결정도 못 하고 대횟날이 올 것 같아 그전에 연습 삼아 음악 없이 32km를 뛰어 보기로 했다. 뛰는 동안 정말로 지겨울지 알아봐야 했다.

그룹별로 나뉘어 출발선에 선 후 출발신호에 따라

마라톤을 시작했다. 모두가 한 방향을 향해서 각자의 속도에 맞게 뛰었다. 처음에는 페이스 메이커의 속도에 맞춰 뛰었고, 이후에는 나만의 속도로 혼자 뛰기도 하고, 비슷한 속도의 누군가와 만나면 나란히 달리기도 했다. 신기한 것은 달리는 목표와 거리에 따라 내 몸의 긴장 상태가 바뀐다는 것이다. 나의 경우 21km를 뛰면 15km부터 힘들고, 32km를 뛰면 25km부터 다리가 무거워진다. 이번 32km 마라톤도 25km부터 어김없이 다리에 부리가 오기 시작했다. 그러자 속도가 점점 느려지면서 다시 혼자 뛰게 되었고, 그때부터 나와의 싸움이 시작되었다. 자아가 분열된 사람처럼 혼자 질문하고, 혼자 대답하는 것이다.

'지금 멈추면 여태 뛴 게 너무 아쉽지 않아?'

'별로 안 남았어. 남은 7km 뛸 수 있잖아!'

'너만 힘든 게 아니라 모두가 힘들어. 지금 걷는 사람이 어딨어?'

나를 타박하기도 하고 위로하기도 하며, 부정적인 마음이 들 수 없게끔 계속 대화를 시도했다. 물론 이

대화는 내 머릿속에서 이루어지는 일이라 아무도 알지 못한다. 나와의 대화를 이어간 덕에 다행히 32km 동안 멈추지 않고 뛸 수 있었고, 5:38 페이스로 도착할 수 있었다. 평균 6:00 페이스로 장거리를 완주하는 나에게는 꽤 괜찮은 성적이었다. 그리고 생각했다. '정말 운동화만 있으면 가능하구나.'

마라톤이 끝난 후 빵과 물, 그리고 메달이 들어 있는 완주 패키지를 받고 나서야 자리에 털썩 주저앉았다. 음악 없이도 괜찮을까 고민했던 게 무색할 정도로 발의 아픔과 심장박동만 느껴졌다.

°

철인 3종
경기

°

달리기를 하기 전에는 하루하루가 무료하고 지겹다는 생각을 자주 했다. 그러다 보니 주기적으로 무기력해졌고, 허기진 마음을 채우고자 폭식하는 날이 비일비재했다. 그런데 달리기를 만나고 나서는 삶 자체가 바뀌었다. 상상도 하지 못했던 것들을 하나씩 해 나가면서 나도 모르게 자신감이 생겼다. '풀코스를 달릴 수 있을까?' 하는 의문은 하루하루의 연습이 쌓여 가능해졌고, 더 나아가 불가능할 것만 같았던 꿈도 겁 없이 꿀 수 있게 되었다. 그것들이 바로 자전거와 크로스핏이었고, 이제는 철인 3종 경기까지 넘보고 있다.

철인 3종 경기는 수영, 자전거, 달리기를 기반으로 세 종목을 쉬지 않고 연달아 해내야 한다. 만약 수영에서 탈락하면(제한 시간 안에 못 들어오는 경우) 자

철인3종경기

전거와 달리기를 할 수 없으며, 수영을 잘해서 제한 시간 내에 들어왔어도 자전거에서 탈락하면 달리기를 하지 못한다. 따라서 세 종목을 골고루 균형 있게 잘해야 하고, 종목 간 신속한 전환이 무엇보다 중요하다. 그런데 나는 달리기는 즐겁게 할 수 있는 반면, 나머지는 실력이 부족했다. 철인 3종 경기에서 달리기는 맨 마지막 순서이기에 앞에 하는 두 종목을 더더욱 잘 해내야만 한다.

자전거에 입문한 계기는 달리다 보면 자전거가 빠르게 지나갈 때가 있는데, 그 속도가 부러워서였다. 그렇게 자전거에 관심이 생겨 공용 자전거를 타고 달려 보니 좀 더 잘 타고 싶어졌다. 자전거로 남산을 올라 보고 그보다 높거나 험한 지형의 코스도 다니면서 조금씩 자전거 타는 법을 익혔다. 그러다 달리기의 하프 코스, 풀코스와 같은 메디오폰도Mediofondo, 그란폰도Granfondo에도 출전하게 되었다(메디오폰도는 90km 이하, 그란폰도는 100km 이상을 자전거로 달리는 대회다). 현재는 듀애슬론Duathlon(사이클링과 러닝으로

이루어진 경기)에 나갈 수 있을 정도로 자전거와 달리기를 병행할 수 있게 되었다.

특히 철인 3종 경기에서는 각 종목으로 넘어갈 때 근육을 빠르게 바꿔 줘야 해 근전환이 중요하다. 근전환 훈련이 제대로 되어 있지 않으면 실패할 확률이 높기 때문에 종목에 맞게 근육을 단련해야 한다. 자전거는 하체의 앞쪽 근육을, 달리기는 뒤쪽 근육을 많이 사용한다. 그래서 자전거에서 달리기로 넘어갈 때 쥐가 나지 않도록 하는 연습이 필요하다.

나는 근전환 훈련이 제대로 되었는지 확인하고 싶어 우선 듀애슬론 대회에 출전했다. 이후 얼마 지나지 않아 철인 3종 경기에 도전하고자 철인협회에 가입했다. 사이클, 마라톤 등 대회를 나가면 각각 다른 분위기가 느껴진다. 대회에 따라 주어진 환경, 참가자도 모두 다르다 보니 그 안에 내가 속하려면 대회의 특성을 이해하고 준비하는 게 필요하다. 그래서 미리 체험도 하고 대회 분위기도 알아보고자 한 사람이 모든 종목을 다 맡는 것이 아닌, 세 사람이 한 종목씩 맡아 하는 '고성 아이언맨 70.3 대회' 릴레이를 신청했다. 첫 풀코스를 함께 뛴 언니가 수영(1.9km)을, 내가 자전거(90km)를, 또 다른 지인이 달리기(21.1km)를 각각 맡아서 하는 형식이었다. 낯선 것에 익숙해지려면 해 보는 수밖에 없다. 역시 하길 잘했다는 생각이 들었다. 낯설어서 불안한 것들도 부딪는 과정에서 설레고 좋아질 수 있으니 말이다.

어떤 운동으로 입문하느냐에 따라 다르지만, 나는 철인 종목 중 수영이 가장 힘들었다. 어릴 때 물에 빠진 기억이 있어 늘 물이 두려웠다. 그래서 수영이 나와는 먼 운동이라고 여겼지만, 철인 3종 경기에 출전하려면 두려움을 극복해야만 했다. 나는 수영 학원에 등록하고 새벽 수업, 1:1 수업 등을 반복해 들으며 노력하는 중이다.

새벽에 수영을 하고, 출근해 일을 하고, 퇴근 후 달리기를 하고 자전거를 타는 것. 즐겁게만 한다면 가능하지 않을까? 내가 목표로 하는 종목은 수영 1.5km, 자전거 40km, 달리기 10km를 연속해서 달리는 동

호인 종목이다. 부족한 수영을 연마해 트라우마를 깨고 바다 수영에도 한 번 도전해 보려고 한다. 불가능한 꿈이 이루어지는 순간들을 경험하며 요즘은 매 순간 최선을 다하면 어느 정도는 이루어질 수 있다는 긍정의 마음으로 하루하루를 보내고 있다.

°

한복
마라톤

°

내게 두 번째 풀코스 도전이었던 '춘천마라톤'은 조금 특별하다. 새로운 시도를 해야 했기 때문이다. 첫 풀코스를 뛸 때는 막연히 힘들지 않을까 고민했다면, 이번에는 이미 힘들다는 걸 알고 있어서 도전이 망설어졌다. 하지만 코로나19로 마라톤 대회가 없다가 오랜만에 열린 만큼 기왕이면 의미 있는 도전을 하고 싶었다.

나는 함께할 지인들을 모았고, 열 명이 함께 뛰겠다는 의사를 밝혀 왔다. 그리고 어떤 콘셉트가 좋을지 고민하다 '한복'을 입고 뛰기로 했다. 한복의 아름다움도 알리고, 더불어 기부도 함께하는 형식으로 여러모로 의미가 있었다. 기부 마라톤은 그때마다 다르지만, 이번에는 수용자 자녀의 성장비 지원을 위한 명목으로 이루어졌다.

그런데 풀코스는 가벼운 복장을 하고 뛰어도 완주가 힘든데 한복을 입고 뛰어야 한다니 걱정이 이만저만이 아니었다. 이전에 한복을 입고 뛴 사례도 거의 없다시피 해 참고할 만한 팁을 찾기가 어려웠다. 그래도 다행인 건 함께하는 친구들이 있어 의지가 되었다는 점이다. 누군가 "할 수 있을까?" 근심을 내비치면 "할 수 있어! 아자!" 이렇게 이끌어 주는 서로가 있어 든든했다.

대회 당일. 마라톤을 뛰기 위해 옷을 갈아입는 러너들 사이에서 우리가 한복을 꺼내 입자 순간 시선이 집중되었다. 다들 '뭐지?' 하는 눈초리로 쳐다보았고, 지나가는 사람들마다 어디에서 왔는지, 왜 한복을 입는지 여러 차례 질문을 해 왔다. 우리는 다소 부담스러웠지만 최대한 다른 참가자들에게 피해를 주지 않기 위해 맨 뒤에 서서 출발했다.

열 명이 함께 페이스를 맞춰서 뛰기란 역시나 어려웠다. 그것도 한복차림으로 말이다. 멤버 중에는 풀코스를 뛰어 본 친구도 있었고 그렇지 않은 친구도 있었

다. 실력 차이가 있는 데다 평소와 다른 복장까지, 좋지 않은 환경임은 분명했다. 함께 뛸 때 속도 차이가 나면 '느린 러너에게 맞추면 되지 않나?' 하고 단순하게 생각할 수 있지만, 누군가는 달리다 멈추다를 반복하며 계속해 자신을 희생해야만 가능한 일이라서 말처럼 쉽지 않다. 게다가 42.195km를 쭉 달리는 것보다 달리던 중간에 멈춰 5분 정도를 기다렸다가 다시 달리고, 10분 정도를 멈췄다가 다시 달리기를 반복하면 몸이 휴식을 취하는지 달리는지 구분하지 못하면서 다시 달릴 때 다리에 통증이 있을 수 있다(실제로 너무 아파서 비명을 지를 뻔했다). 우리는 그 누구보다도 완주의 의미를 잘 알고 있는 러너였다. 서로를 독려하고 힘듦과 기쁨을 함께 나누며 기부라는 목표를 향해 포기하지 않고 계속해 달렸다.

결국 여덟 명이 완주했고(열 명이 함께 기부했고, 아홉 명이 마라톤에 참여했다. 한 명은 부상으로 인해 완주하지 못했다) 완주까지는 5시간 3분이 걸렸다. 함께했으니 하나도 힘들지 않았다는 건 거짓말이고, 함께했기에 포기할 수 없었다가 맞는 것 같다. 분명 모두가 힘든 상황인데도 서로를 응원해 주고, 할 수 있다고 격려해 주었기에 가능했다. 함께 도전해 준 친구들에게 감사한 마음을 전한다.

°

달리는

할머니가

되고 싶어

°

누군가 내게 "해영! 목표가 뭐야?"라고 물으면, 보통 답변은 두 가지다. 대회를 앞두고 있다면 "마라톤 완주" 혹은 "~시간 이내 들어오기" 아니면 "○○km 완주하는 거!" 등 곧 있을 대회에 대한 단기 목표를 얘기한다. 그런데 그게 아닐 때면 내 대답은 이렇다.

"달리는 할머니가 되고 싶어."

맞다. 나는 나이가 들어서도 달리는, '달리는 할머니'가 되고 싶다. 여기에는 정말 많은 의미가 내포되어 있다. 단순히 나이가 들어서도 달리고 싶다는 말이 아니다. 즐겁게 즐기면서, 달리기에 스스로 떳떳한 나로 오래 달리고 싶다는 말이다. 그러려면 먼저 내 몸을 건강하게 가꾸는 게 중요하다.

러너 대다수가 크고 작은 부상을 달고 산다. '풀코스를 뛰어야 하는데 무릎이 너무 아파', '허리가 아파

서 못 뛰겠어'처럼 아픔을 호소하면서도 뛰는 경우가 많다(대부분은 진통제를 먹고 풀코스를 뛰러 나간다). 통증을 감수하면서까지 달리고 달려 목표를 달성해 내는 그들을 보면서 체력뿐만 아니라 정신력이 정말 대단하다고 느꼈다. 그리고 다짐했다. '그래, 나도 달리기를 포기할 순 없으니, 그렇다면 내 몸을 돌봐야겠다'고.

부상에서 자유로울 순 없지만, 나는 다치지 않고 달리기를 할 수 있도록 신발부터 자세까지 어떻게 해야 하는지 공부하기 시작했다. '나에게 맞는 신발이 뭘까?' 하는 단순한 궁금증에서 매일 신고 연습할 수 있는 데일리화부터 풀코스도 거뜬히 뛸 수 있는 운동화까지 그때그때 내게 필요한 신발의 정보들을 수집했다. 그리고 운영 중인 유튜브와 블로그를 통해 내가 알게 된 내용을 공유했다. 그러자 나와 같은 궁금증을 가진 사람들로부터 실제로 많은 도움이 되었다는 연락을 받았다. 그 외에도 마라토너에게 필요한 영양, 호흡법과 테이핑 방법 등도 알아보았다. 또 여성은

한 달에 한 번 몸의 변화가 있고, 남성에 비해 골반이 크고 가슴이 있기 때문에 그에 따른 다른 정보도 알아두면 좋다.

나이가 들면 몸도 체력도 점점 쇠퇴하겠지만, 나는 굴복하지 않고 시간의 역행에 뛰어들고 싶다. 여전히 나는 달리고 있고, 이변이 없는 한 계속해 달릴 것이다. 그렇게 나이 들어서도 달리는 멋진 할머니가 되고 싶다.

오늘도 달리기를 합니다

1판 1쇄 인쇄 2023년 10월 23일
1판 1쇄 발행 2023년 11월 3일

지은이 러닝해영
펴낸이 김성구

책임편집 조은아
콘텐츠본부 고혁 김초록 이은주 김지용
디자인 이명민
마케팅부 송영우 어찬 김지회 김하은
관리 김지원 안웅기

펴낸곳 (주)샘터사
등록 2001년 10월 15일 제1-2923호
주소 서울시 종로구 창경궁로35길 26 2층 (03076)
전화 1877-8941 | 팩스 02-3672-1873
이메일 book@isamtoh.com | 홈페이지 www.isamtoh.com

ISBN 978-89-464-2259-9 03810

• 값은 뒤표지에 있습니다.
• 잘못 만들어진 책은 구입처에서 교환해 드립니다.

샘터 1% 나눔실천

샘터는 모든 책 인세의 1%를 '샘물통장' 기금으로 조성하여 매년 소외된 이웃에게
기부하고 있습니다. 2022년까지 약 1억 원을 기부하였으며, 앞으로도 샘터는
책을 통해 1% 나눔실천을 계속할 것입니다.